Neil Boyd

Hoch lebe Hochwürden!

Heiterer Roman

F. H. KERLE
FREIBURG · HEIDELBERG

Aus dem Englischen von Erwin Peters
Das Kapitel „Der Unglücksstuhl" übersetzte
Ursula Schottelius

Die Geschichten wurden aus folgenden
Originalbänden ausgewählt:
Bless me, Father, Corgi Books, London 1978
A Father before Christmas, Corgi Books, London 1979
Father in a Fix, Michael Joseph, London 1979

Herstellung: Freiburger Graphische Betriebe 1983
ISBN 3-600-30098-9

Inhalt

Der Unglücksstuhl

Es war an einem Montagmorgen beim Frühstück. Ganz zufällig kamen wir auf Aberglauben zu sprechen.

„In der Zeitung von heute steht etwas über einen anglikanischen Pfarrer, der nicht an das Höllenfeuer glaubt", sagte ich zu Pfarrer Duddleswell.

„Da kann ich nur hoffen", entgegnete er, während er einen Briefumschlag aufschlitzte, „er hat in seinem Letzten Willen bestimmt, daß er in Asbestkleidung begraben wird." Er nickte Mrs. Pring am Tischende zu. „Bitte noch eine Scheibe Brot. Jaja, Father Neil, immer ist es mangelnder Glaube, der zum Aberglauben führt."

„Die Iren sind abergläubisch genug", sagte Mrs. Pring, die das Brotmesser in der Hand hielt.

„Es mag unglaublich klingen, aber da ist etwas dran an dem, was die Dame sagt. In der Heimat meiner Eltern in der Grafschaft Cork –"

„Genügt eine Scheibe?" unterbrach Mrs. Pring.

„Zwei", antwortete Pfarrer Duddleswell und bedeutete ihr mit Zeigefinger und Daumen, wie dick die Scheibe sein sollte. „Dicker, bitte. Dann reicht die Butterration länger. Ja, in der Grafschaft Cork ging der Aberglaube um, wenn man von einem Hund gebissen worden sei, müsse man ihm ein Schwanzhaar ausreißen, und die Wunde würde sofort heilen."

„Hier in der Gegend gibt es doch wohl nicht viel Aberglauben, nehme ich an", sagte ich.

„Die übliche Abhängigkeit der Kleingläubigen, Father Neil", erwiderte Pfarrer Duddleswell mit einem Blick auf Mrs. Pring, „meistens Frauen, die an Maskottchen, Spiritismus und Wahrsagerei glauben."

„Ich kenne einen Herrn hier ganz in der Nähe", grollte Mrs. Pring, „der sich für den lieben Gott hält."

Pfarrer Duddleswell schenkte ihr keine Beachtung. „Viele, die nicht daran denken, in die Kirche zu kommen, schmücken das Armaturenbrett oder den Kühlergrill ihres Autos mit einer Christophorusmedaille."

„Sie etwa nicht?" fragte Mrs. Pring herausfordernd.

„Natürlich, Weib. Aber ich glaube an den heiligen Christophorus."

„Und die anderen nicht?"

„Bestimmt nicht. Sie erhoffen sich Hilfe von einem ungeweihten Stück Metall", sagte er und begann mit dem Salzstreuer Salz auf sein Spiegelei zu schütten. „Während ich mich auf die Fürbitte des Heiligen selber verlasse. Heiliger Strohsack!" Der Deckel des Salzstreuers war abgefallen, und auf dem Spiegelei türmte sich ein Salzkegel. „Weib", rief er, „habe ich Ihnen nicht schon hundertmal gesagt, den Streuer fest zuzudrehen?"

„Sie sind doch nicht etwa abergläubisch?" sagte Mrs. Pring ungerührt.

Pfarrer Duddleswell nahm mit der rechten Hand eine Prise Salz und warf sie über die linke Schulter hinter sich, wo zufällig Mrs. Pring stand. „Das bin ich in der Tat nicht", entgegnete er.

Mrs. Pring wischte sich die Salzkörner von Kleid und Schürze. „Sie können nicht leugnen, daß Sie jeden Tag Ihr Horoskop lesen", sagte sie.

„Nur um festzustellen, wie herrlich falsch es ist. Sie dagegen kriegen schon den Veitstanz, wenn sich eine schwarze Katze ins Haus verirrt, weil Sie meinen, sie bringe den Tod."

Ich kaute nach wie vor ziemlich unbeteiligt vor mich hin, bis Mrs. Pring, offensichtlich verärgert, sagte: „Und was ist mit dem Unglücksstuhl?"

Pfarrer Duddleswell legte die Gabel hin und stützte sich auf den Ellbogen. „Die Tage der Drangsal sind noch nicht vorüber, Father Neil."

Mrs. Pring erklärte mir, der Unglücksstuhl sei ein Stuhl in der „Schweinskehle", einer Kneipe in der High Street. Wer sich auf ihn setze, sterbe, hieß es.

Pfarrer Duddleswell seufzte und stützte sich zur Abwechslung auf den anderen Ellbogen.

„Ist da etwas dran?" fragte ich ihn.

„Genau so viel", sagte er, „wie Sie mit einem Mikroskop im Kopf dieser Dame finden würden. Das hat sich alles der Wirt ausgedacht, Fred Bowlby. Seine Frau Eileen ist reizend. Sie freut sich übrigens immer über einen Besuch, aber Fred ist auch einer, der sich ein feuerfestes Totenhemd anziehen sollte." Dann aß er weiter.

Mrs. Pring ließ nicht locker. „Am letzten Sankt-Patricks-Tag hat Fred Bowlby alle Iren eingeladen. Jeder, der wollte, konnte sich auf den bewußten Stuhl setzen, einschließlich des Herrn Pfarrers hier."

Auf meine Frage, ob er der Einladung Folge geleistet habe, antwortete Pfarrer Duddleswell ausweichend: „Ich wollte nicht tot in Bowlbys Kneipe gefunden werden, verstehen Sie?"

„Also, diesmal hat er die Wahrheit gesagt", fuhr Mrs. Pring dazwischen. „Er hatte Angst zu sterben. Und daher sagte jeder: ‚Wenn der Pfarrer von Sankt Judas schon eine solche Angst hat, dann muß an diesem Unglücksstuhl etwas dran sein.' Der Aberglaube von Hochwürden hat die Sache nur noch hochgespielt."

Wieder legte Pfarrer Duddleswell Messer und Gabel hin. Mit leiser, aber bedrohlich klingender Stimme sagte er: „Ich – bin – nicht – abergläubisch."

Mrs. Pring wandte sich mir zu. „Stellen Sie sich vor, Father Neil: Jedesmal wenn er eine Leiter sieht, muß er darunter hindurchlaufen."

Jetzt platzte Pfarrer Duddleswell der Kragen. Er hieb auf den Tisch und brüllte: „Weib, ich sage Ihnen, ich bin nicht abergläubisch!"

Die Druckwelle war beträchtlich. Geschirr und Besteck tanzten klappernd und klirrend auf dem Tisch. Ein Spiegel fiel von der Wand und zerbrach in tausend Stücke.

Unheimliche Stille folgte.

Ohne sich zu bewegen, flüsterte Mrs. Pring: „Herr Pfarrer, Sie haben einen Spiegel zerbrochen, ohne auch nur hineinzusehen."

„Sieben Jahre Unglück", gab Pfarrer Duddleswell in düsterem Ton zurück. „Und dabei sind Sie doch schon zwanzig Jahre hier bei mir."

Noch am selben Morgen um zehn Uhr stand ich vor dem Nebeneingang der „Schweinskehle" und ließ den Messingklopfer auf die schwarze Tür fallen.

Eine übernächtigte, schick gekleidete Dame mittleren Alters mit geröteten Augen öffnete. Ihr Gesicht wurde gleich freundlicher, und lächelnd sagte sie: „Der neue Kaplan. Ich habe Sie bei der Messe gesehen, Hochwürden." Es war Mrs. Bowlby.

Bald darauf saßen wir an einem kleinen Tisch in der sehr sauberen Schankstube bei Tee und Keksen. Mehrere Tische waren schon für das Mittagessen gedeckt. Ich sah mich um und erblickte große Erkerfenster, schimmerndes Mahagoni, poliertes Messing, Hunderte von umgedrehten Gläsern und bunte Spirituosenflaschen, die wie Euter von den Regalen hinter der Bar hingen. Die Luft war stickig und roch verbraucht und leicht säuerlich.

„Mein Mann liegt noch im Bett, Herr Kaplan", sagte Mrs. Bowlby entschuldigend. „Die ‚Schweinskehle' ist immer bis spät in der Nacht geöffnet."

Ich lächelte verständnisvoll.

„Noch eine Tasse Tee, Herr Kaplan?"

Ich deutete auf meinen Kragen. „Danke, Missis Bowlby. Ich kann nicht mehr."

„Ich kann auch bald nicht mehr, Herr Kaplan", sagte sie mit erstickender Stimme. Sie griff nach ihrem Taschentuch und trocknete sich die Augen. „Entschuldigen Sie, aber diese Geschichte mit dem Unglücksstuhl verfolgt mich Tag und Nacht."

Ohne hinzusehen, deutete sie mit dem Daumen in eine Ecke. Zwischen Klavier und Pfeilwurfscheibe stand ein Rohrstuhl. Er war mit einer Kette und einem Vorhängeschloß an der Wand befestigt, und ein goldenes Kissen lag auf dem Sitz. Auf der Lehne prangte eine Silberplatte mit der weithin lesbaren Inschrift *Der Unglücksstuhl.*

„Immer wieder habe ich meinen Mann gebeten, das Ding abzustoßen", sagte Mrs. Bowlby. „Er verkauft sogar kleine Nachbildungen. Sehen Sie." Sie zeigte auf den Tresen, wo ungefähr ein Dutzend verkleinerter hölzerner Nachbildungen des Stuhls standen. „Das Stück zu fünf Schilling. Er sagt, der Stuhl ist nützlich fürs Geschäft."

„Ist er das?"

„Es kommen tatsächlich jedes Jahr Hunderte von Touristen“, erwiderte sie aufgeregt. „Meistens Amerikaner. Sie wollen nichts anderes sehen als die Kronjuwelen und das da.“

Ich versuchte sie zu beruhigen. „Ist das denn so schlimm?“

„Genau das sage ich auch immer.“ Diese letzten Worte kamen von einem stämmigen Mann, der leise den Raum betreten hatte und bei der Tür stand. Er trug ein locker fallendes rosa Hemd und ausgebeulte Tweedhosen, gehalten von einem breiten, mit zahlreichen Abzeichen verzierten Ledergürtel, an dem ein großes Schlüsselbund baumelte. In der Hand hielt er einen Teebecher. „Fred Bowlby“, stellte er sich vor.

„Kaplan Boyd, der neue Kaplan von Sankt Judas“, entgegnete ich.

„Eileen hat mir schon von Ihnen erzählt, Hochwürden. Bei den Damen scheinen Sie gut angekommen zu sein.“

„Lassen Sie sich nicht von ihm provozieren, Herr Kaplan“, sagte Mrs. Bowlby. „Er hat keinen Respekt vor Geistlichen.“

Mr. Bowlby schenkte sich Tee ein. „Wollten Sie sich den Unglücksstuhl einmal ansehen, Hochwürden?“

Mrs. Bowlby stand abrupt auf, preßte ihr Taschentuch zusammen und lief hinaus. Ihr Rücken bebte, als weine sie.

„Warum rennst du davon, Liebling?“ rief er hinter ihr her. Aber sie war schon außer Hörweite. Er wandte sich zu mir. „Sie nimmt es furchtbar schwer, Hochwürden. Ihr Katholiken seid aber auch wirklich abergläubische Leute, mit euren Medaillen und Heiligenfiguren, euren Wallfahrten und dem ganzen Brimborium."

„Mister Bowlby", antwortete ich und sah ihm dabei fest in die Augen, „wir sind nicht abergläubisch. Und wir haben auch keinerlei Brimborium. Aber, was diesen Stuhl betrifft –"

„Kommen Sie und sehen Sie sich das Möbel an."

Wir gingen in die Ecke der Schankstube. Über dem harmlos aussehenden Stuhl befand sich ein Anschlagbrett, auf dem vergilbte Zeitungsbilder und -ausschnitte angepinnt waren. Ich entzifferte Überschriften wie *Der Mörderstuhl* und *Letztes Opfer des Todesstuhls.*

„Als wir diese Kneipe vor drei Jahren übernahmen, fand ich ihn im Keller. Außerdem fand ich Zeitungsausschnitte, die von einem Unglücksstuhl sprachen und davon redeten, daß jeder, der sich auf ihn setze, noch in derselben Woche sterben würde."

„Woche?" Ich legte so viel Spott wie möglich in dieses Wort. „Wie kindisch. Und das ist der besagte Stuhl, nehme ich an."

Seine Antwort erstaunte mich. „Ehrlich gesagt, ich weiß es nicht", sagte er. „Kann sein, kann aber auch nicht sein. Zunächst kam ich gar nicht auf den Gedanken, daß mit dem Stuhl irgendein Spuk verbunden sein könnte, weil mir so etwas gar nicht liegt. Ich warf sogar die Zeitungsausschnitte ins Feuer. Dann kam eine Flaute, und um das Geschäft etwas anzukurbeln, holte ich diesen Stuhl heraus, brachte ihn auf Hochglanz und stellte ihn hier in die Ecke." Er machte eine Pause und grinste genüßlich. „Na ja, und dann nannte ich ihn aus Spaß ‚Unglücksstuhl'. Die Leute von hier betrachteten ihn mißtrauisch und fragten mich, warum ich ihn so nannte. Ich erzählte ihnen, jeder,

der sich draufsetze, sterbe innerhalb einer Woche. Und was glauben Sie, Hochwürden? Nicht einer wagte sich auf dieses heiße Ding zu setzen. Ich sagte: ‚Leute, Freibier für jeden, der sich in meinen alten Rohrstuhl plumpsen läßt.‘ Und wissen Sie, was?“

„Schießen Sie los!“

„Keiner wollte.“

„Sie sagten, Sie hätten die Zeitungsausschnitte weggeworfen.“

„Ach so“, sagte Mr. Bowlby und zeigte auf das Anschlagbrett. „Das sind neue. Hören Sie zu: Vor ungefähr einem Jahr kam ein piekfeiner Typ, rotes Gesicht, um sechs Uhr abends hier herein. Es war proppenvoll, und alle hatten mächtigen Durst. ‚Vor so einem Blödsinn habe ich keine Angst‘, sagte der Typ und setzte sich dorthin.“

„Gut gemacht“, wollte ich sagen, unterdrückte es aber.

„‚Der hat's geschafft, Fred‘, sagten sie alle und lachten. ‚Gib dem tapferen Kerl eine Pinte.‘ – ‚Warum nicht?‘ sagte ich. ‚Innerhalb einer Woche wird er sowieso steifer sein als ein zusammengerollter Regenschirm.‘ Nun ja.“

„Nun ja?“

„Ein Schluck meines besten Bitterbiers, dann stellt er das Glas vorsichtig ab und fällt tot um. Genau dort, wo Sie stehen.“

„Ein Herzanfall“, sagte ich und trat etwas zur Seite.

„Machte nicht den Eindruck, vorher.“

„Vom bitteren Bier zum bitteren Ende“, sagte ich ernst.

„Ha, ha, das muß ich mir merken für meine Enkel, Hochwürden. Sie sind mir ein richtiger Witzbold.“

Dann setzte er sachlicher hinzu: „Das war schon ein Verlust."

„Verheiratet und Kinder?"

„Nein, ich meinte den Rest des Biers. Keiner wollte es an seiner Stelle austrinken." Er hielt inne. „Der Nächste war dann ein Zeuge Jehovas. Er kam herein und wetterte: ‚Ihr Gottlosen! Ihr Abergläubischen!'"

Ich sagte, ich sei ebenfalls gegen Gottlosigkeit und Aberglauben.

„Ich auch", entgegnete Mr. Bowlby treuherzig. „Er setzte sich auf den Stuhl und wollte für seine Mühe noch nicht einmal eine Pinte annehmen."

„Und war die Sache damit nicht beendet?"

„Nein, eben nicht. Sechs Tage später flog er zu einem großen Jehovas-Zeugen-Treffen in Miami, und die Maschine stürzte irgendwie ab."

„Alle tot?"

Mr. Bowlby nickte. „Trotzdem gab es keine Schlagzeilen. Bis zum dritten Opfer ..."

Ich fühlte meinen Adamsapfel schmerzhaft auf- und absteigen.

„Charlie Skinner, ein Stammkunde, hätte es besser wissen sollen. Die anderen lästerten immer, bei einer Autopsie würde man keinen Tropfen Blut in seinem Alkohol finden. Da hatte sich Charlie also zwei Stunden lang vollaufen lassen, ein doppelter Whisky nach dem anderen die Gurgel hinunter, und dann setzte er sich drauf. Ich glaube, er merkte es nicht einmal."

Ich schluckte schwer.

„Danach wollte keiner seiner Kumpel ihm helfen. Charly stand schwankend auf, stieg in seinen Wagen und fuhr direkt in den Fluß. Der ist nur einen Meter tief, und Charlie war eins fünfundachtzig." Fred

Bowlby fuhr sich mit dem behaarten Handrücken über die Augen. „Ertrunken."

„Ironie des Schicksals", sagte ich.

„Genau", gab Mr. Bowlby, plötzlich wieder vergnügt, zurück. „Normalerweise trank er nämlich seinen Whisky ohne Wasser."

Er beugte sich über die Silberplatte auf der Stuhllehne, hauchte darauf und polierte sie mit dem Ärmel. „Mein ganzer Stolz, Hochwürden." Er zeigte auf seinen Gürtel. „Ich habe ein besonderes silbernes Schloß anfertigen lassen. Den Schlüssel trage ich Tag und Nacht bei mir. Hier. Eigentlich gar nicht nötig. Kein Dieb wird hier einbrechen, jedenfalls nicht, solange der Stuhl dasteht."

Ich fragte Mr. Bowlby nach einer Erklärung für die ungewöhnlichen Ereignisse, von denen er berichtet hatte.

Er tat erstaunt. Was ihn anging, gab es da nichts zu erklären. Einmal ein schwaches Herz, dann ein kaputter Flugzeugmotor und schließlich ein Haufen von abergläubischen Idioten, die einen Betrunkenen nicht nach Hause begleiten wollten, weil ihm ja etwas passieren könnte – was dann auch geschah. Danach florierte die „Schweinskehle" nicht schlecht. Es gab Zeitungsartikel, und die BBC brachte einen Bericht im Fernsehen. Von überallher kamen Aufträge für Nachbildungen des Stuhls, natürlich aus Japan, aber auch von den Philippinen und aus anderen Orten, von denen Mr. Bowlby noch nie gehört hatte.

Vorsichtig gab ich ihm zu verstehen, daß er seine Geschäfte mit der Leichtgläubigkeit der Leute mache.

„Natürlich tue ich das", stimmte er zu. „Eigentlich sind religiöse Experten wie Sie und Ihr Chef dazu da, diese Leichtgläubigkeit abzuschaffen. Stimmt's? Sie scheinen aber keinen großen Erfolg damit zu haben, wenn ich von meiner Frau ausgehe."

Seine naßforsche Art verdroß mich. „Mister Bowlby, haben Sie sich selber schon einmal auf den Stuhl gesetzt?"

„Nein." Er sah die Genugtuung in meinem Gesicht. „Nicht was Sie denken, Hochwürden. Ehrenwort, dieser Stuhl macht mir keine Angst. Aber wenn ich mich hinsetzte, müßte ich das anstandshalber meinen Kunden mitteilen. Dann wäre ich ein lebendiger Beweis dafür, daß mein Unglücksstuhl ein Versager ist. Und das ist schlecht für Pinten und Penunzen."

Ich nickte widerwillig.

„Ich habe Ihren Pfarrer Duddleswell aufgefordert, sich draufzusetzen, und ihm hundert Pfund angeboten." Er merkte, wie ich zusammenzuckte. „Oh, hat er Ihnen das nicht gesagt? Er war zu abergläubisch."

Gegenüber diesem Geschäftemacher durfte ich nichts auf Pfarrer Duddleswell kommen lassen, und ich verteidigte ihn mit aller Entschiedenheit.

„Also gut", sagte Mr. Bowlby. „Sagen Sie ihm, mein Angebot steht noch. Hundert Pfund, wann immer er will. Mehr noch: Wenn er es überlebt, werde ich mich auch draufsetzen." Der Gedanke amüsierte ihn. „Die sicherste Wette, die ich je abgeschlossen habe", meinte er lachend.

Es dämmerte mir, daß ich den Mund zu voll genommen hatte. Ich blickte auf die Uhr. „Ich muß jetzt gehen."

„Ehe Sie verschwinden, Herr Pfarrer ..."

Ich drehte mich um. „Ja?"

„Wollen Sie es vielleicht selber mal ausprobieren?"

„Ich ... was meinen Sie damit?" stotterte ich.

„Habe ich mich unklar ausgedrückt?" Er grinste

hinterhältig. „Sie sind nicht abergläubisch, haben Sie gesagt. Außerdem möchte ich wetten, der alte Duddleswell würde Sie umsonst beerdigen."

Ich suchte verzweifelt nach irgendeinem wenn auch noch so fadenscheinigen theologischen Grund, der es mir verbieten würde, seiner Aufforderung nachzukommen, als Mrs. Bowlbys Stimme, von draußen hereindringend, die Stille zerriß.

„Fred! Was hast du vor? Du wirst doch nicht unseren netten Kaplan auf dieses schreckliche Ding sitzen lassen! Das wirst du nicht tun, hörst du? Auf keinen Fall." Sie stampfte mit dem Fuß auf und lief weinend davon.

„Oh, Katholiken!" sagte Fred und blinzelte mir zu. „Mein Angebot gilt." Er zeigte auf den Stuhl. „Seien Sie mein Gast."

Ich war zu aufgeregt, um an diesem Vormittag weitere Hausbesuche zu machen, und ging ins Pfarrhaus zurück. Warum sträubte ich mich so davor, mich auf einen harmlosen Rohrstuhl zu setzen? Wovor hatte ich Angst? Was konnte an diesem Unglücksstuhl überhaupt gefährlich sein? Vielleicht war es meine Pflicht, umzukehren und durch eine Sitzprobe die ganze Geschichte auffliegen zu lassen?

Pfarrer Duddleswell war in seinem Arbeitszimmer. Ich erzählte ihm, wo ich gewesen war.

„Aha, Sie waren in der ‚Schweinskehle', Father Neil", sagte er neugierig. „Dann haben Sie ihn also gesehen?"

Ich nickte. „Ein hanebüchener Unsinn", erwiderte ich. „Ich habe nicht ein Wort geglaubt."

„In meiner Pfarrei", fauchte Pfarrer Duddleswell,

„unter dieser meiner Nase!" Er griff sich an das beleidigte Riechorgan. „Eileen, Freds Frau, kann vor lauter Kummer seit Wochen nicht richtig schlafen."

So lässig wie möglich gab ich die Nachricht zum besten, daß Fred Bowlby mir angeboten hatte, eine Sitzprobe zu machen.

„Was?" platzte Pfarrer Duddleswell heraus. „Wäre ich kein Gottesmann, würde ich ihm eine reinhauen." Er fuchtelte mit der geballten Faust vor seinem Gesicht herum, um zu zeigen, wie das vor sich gehen würde. Lauernd fragte er dann: „Und, Father Neil? Haben Sie sich draufgesetzt?"

Ich schüttelte zögernd den Kopf.

Nach einer Weile fragte er: „Interessehalber – *warum* nicht?"

Ich räusperte mich und zeigte dann auf meine Brust. „Ich habe heute morgen meine Christophorusmedaille vergessen."

Pfarrer Duddleswell stand langsam auf und neigte anerkennend den Kopf. „Sehr klug von Ihnen, Father Neil, sehr klug."

Ich war so verlegen, daß ich ihm nun doch sagte, was ich eigentlich für mich behalten wollte. „Er hat die Aufforderung an Sie wiederholt, Herr Pfarrer."

Pfarrer Duddleswell faltete die Hände wie im Gebet und schloß die Augen. Als er aus seiner Versunkenheit wieder auftauchte, sagte er bestimmt: „Meine Geduld ist am Ende. Ich bin entschlossen, Fred Bowlbys Dummheiten ein für allemal abzustellen. Das ist meine Pflicht als Gemeindepfarrer, verstehen Sie?" Ich spitzte aufmunternd die Lippen. „Sehr bald wird dieser Gockel auf den Knien liegen und mir die Füße küssen. Darauf können Sie Gift nehmen, Father Neil."

Am darauffolgenden Samstag hatte ich mich gerade an den Frühstückstisch gesetzt. Ich fragte Mrs. Pring, warum sie nicht die übliche Samstagmorgenkost, Speck und Eier, serviere.

„Es lohnt sich nicht, für eine Person zu braten", erwiderte sie. „Ich esse das ja sowieso nicht, und der Herr Pfarrer hat die ganze Woche über kaum einen Bissen angerührt. Wahrscheinlich fastet er, um seine Bosheiten abzubüßen. Und einem Büßer sollte man sich nicht in den Weg stellen."

In diesem Augenblick kam Pfarrer Duddleswell, brummte etwas, sprach sein Tischgebet und ließ sich auf den Stuhl fallen. Er sah sehr müde aus, so, als habe er die ganze Nacht durchwacht. Drei Wattebäuschchen auf seinem Gesicht bedeckten die Stellen, wo er sich beim Rasieren geschnitten hatte.

„Wo sind die Eier mit Speck?" fragte er mürrisch.

„Eier sind ausgegangen", sagte Mrs. Pring.

„Eier sind ausgegangen", wiederholte er. „Es geht nichts über eine fähige Haushälterin. Sehen Sie zu, daß Sie schnellstens Ersatz beschaffen."

Als Mrs. Pring hinausging, rief er ihr nach: „Diese Frau ist ungefähr so nützlich wie ein Fahrrad ohne Lenkstange." Danach wandte er sich dem Angebotenen zu. Er schlürfte seinen Kaffee. „Eiskalt! Was ist das für ein Frühstück? Keine Eier mit Speck, kalter Kaffee, verbrannter Toast." Er seufzte tief. Dann beruhigte er sich wieder. „Bitte entschuldigen Sie, Father Neil. Heute morgen fühle ich mich wirklich hundeelend."

„Haben Sie nicht gut geschlafen, Herr Pfarrer?"

„Ich konnte nur schlecht einschlafen, das war's."

Ich brummte mitfühlend.

Plötzlich stellte er seine Tasse heftig hin und sah

mich feierlich an. „Halten Sie sich diesen Abend frei, mein Sohn.“ Ich nickte. „Und bereiten Sie die Predigt für morgen rechtzeitig vor.“

Ich wartete stumm auf weitere Erklärungen.

„Die ganze Woche habe ich nachgedacht und um Erleuchtung gebetet. Es ist jetzt wirklich an der Zeit, diesen Aberglauben mit dem sogenannten Unglücksstuhl auszurotten.“ Er stopfte sich ein Stück Toast in den Mund und stieß dann dramatisch hervor: „Und wenn es mich umbringt.“

Während des abendlichen Beichthörens mußte ich immer wieder an den Unglücksstuhl denken und was Pfarrer Duddleswell wohl vorhatte.

Das Abendessen fiel ungewöhnlich ruhig, ja fast beklommen aus. Danach sagte Pfarrer Duddleswell, ich möge mich zum Ausgehen fertig machen.

Ich legte die Soutane im Schlafzimmer ab, zog Jacke und Mantel an und ging zu Pfarrer Duddleswell ins Arbeitszimmer. Die Tür stand offen. Er kniete auf dem Betstuhl, das Gesicht zur Wand, und blickte zum Kruzifix empor.

„Vater“, flüsterte er, „nicht mein Wille geschehe, sondern der Deine. Aber mach, daß es nicht weh tut, bitte –“

Er blickte über die Schulter zu mir her. Sofort raffte er sich auf und erhob sich hüstelnd.

Ich entschuldigte mich, seine Andacht unterbrochen zu haben.

„Ich habe nur ein gutes Wort für mich selber eingelegt“, sagte er. Während ich ihm in die Jacke half, fügte er hinzu: „Ich rechne auf Ihre volle Unterstützung, Father Neil.“

„Die ‚Schweinskehle‘, Herr Pfarrer?“

„Ja. Sie sind gottlob kein Feigling.“ Ich lächelte mühsam. „Sie gehören nicht zu den Priestern, die ständig reden, um ihren Unglauben zu übertönen.“ Wieder lächelte ich matt. „Sie wollen doch mitkommen?“

Mir war angst und bange. Am liebsten hätte ich nein gesagt, aber ich hatte nicht den Mut, ein Feigling zu sein. „Ja“, sagte ich, „ich komme mit.“

„Herzensfreund“, sagte er erleichtert, „ich wußte, Sie würden mich nicht im Stich lassen, Sie würden mir folgen bis in den Tod.“

Es war kurz nach halb acht, als wir die High Street erreichten. Überall lagen Abfälle herum: Papierfetzen, Pappkartons, Apfelsinenschalen, leere Zigarettenschachteln. Zeitungsverkäufer priesen die Abendblätter an, und die roten Busse brausten mit Getöse an uns vorbei.

Ohne zu zögern, stieß Father Duddleswell die Kneipentür auf. Um diese Zeit waren noch nicht viele Stammkunden anwesend. Das Lokal war etwa halb gefüllt, einige der Gäste wohl ebenfalls. Ein Pianist improvisierte träumerisch vor sich hin.

Pfarrer Duddleswell stieß mich leicht an. „Er spielt sehr schön, Father Neil, aber bitten Sie ihn doch aufzuhören, bis ich fertig bin.“ Glücklicherweise hörte der Mann von allein auf.

In Windeseile sprach sich unsere Ankunft herum. Selbst für die abgebrühtesten Trinker mußte es etwas Ungewöhnliches sein, daß zwei Pfarrer sich an diesen Ort verirrten. Der Spektakel in der Schankstube ließ nach, bis nur noch die Stimme des Wirts zu hören war.

Mr. Bowlby stand, die Hände in die Hüften gestemmt, vor dem Unglücksstuhl und redete mit einem Gast, der eine Art Schlapphut trug.

„Ungelogen", beteuerte er. „Der Gouverneur von Kalifornien hat mir erst letzte Woche geschrieben, ob er den Stuhl ausborgen könne. Um Verbrecher hinzurichten, nehme ich an."

„Was, tatsächlich?"

„Ist auf die Dauer billiger als der elektrische Stuhl."

„Kann schon sein."

„Machen Sie ein Angebot, los", sagte Mr. Bowlby. „Aber nicht unter einer halben Million. Pfund natürlich."

Pfarrer Duddleswell und ich bahnten uns einen Weg durch die schweigende Menge hin zur Bar, hinter der Mrs. Bowlby und eine wohlproportionierte Platinblondine tätig waren. Pfarrer Duddleswell langte sich eine Nachbildung des Stuhls auf dem Tresen.

„Das macht fünf Schilling, bitte, Sir", sagte die Blonde.

Pfarrer Duddleswell warf ihr einen vernichtenden Blick zu, ergriff einen Stuhl und ging zu Fred Bowlby hinüber, der mit gerunzelter Stirn neben dem Mann im Schlapphut stand. Er stellte den Stuhl neben den beiden ab, kletterte umständlich darauf und blickte bleich und zitternd um sich. Die Gäste verstummten.

„Meine lieben Brü-", fing er an. Er verbesserte sich: „Meine Herren ... und Damen ..., meine Damen und Herren, ich bitte um Ihre Aufmerksamkeit."

Daraufhin trat zunächst Paddy, eines der bekannteren Schäfchen aus unserer Pfarrei, leicht schwankend vor. Er war in Anzug und Weste und trug einen Filzhut, den er weit nach hinten geschoben hatte. Jedesmal wenn er „Herr Pfarrer“ sagte, tippte er sich mit der Hand an die Stirnlocke.

„Darf ich Sie zu einem Drink einladen, Herr Pfarrer?“

„Jetzt nicht, Paddy“, sagte Pfarrer Duddleswell. Er richtete sich auf und fuhr fort: „Warum habe ich mich als katholischer Priester wohl an diese Stätte begeben, die den so sinnigen Namen ‚Schweinskehle‘ trägt?“

Paddy verrenkte sich den Hals. „Wirklich, Herr Pfarrer, was um Himmels willen tun Sie hier?“

„Es geht darum“, rief Pfarrer Duddleswell unverdrossen, „daß ich mir wegen der heidnischen Gebräuche Sorgen mache, die in diesem Lokal herrschen. Wer Wind sät, wird Sturm ernten.“

Fred Bowlby versuchte dazwischenzufunken. „Könnten wir das nicht im Hinterzimmer besprechen, Hochwürden?“

Pfarrer Duddleswell ließ sich nicht beirren. „Ich spreche natürlich, meine Damen und Herren, von dem Unglücksstuhl, dem sogenannten. Anstelle einer geeigneteren Persönlichkeit habe ich unwürdiger Diener des Herrn es unternommen, in dieser Angelegenheit tätig zu werden.“

Mr. Bowlby versuchte es noch einmal. „Pfarrer Duddleswell –“

„Der bin ich“, fiel Pfarrer Duddleswell streitlustig ein.

„Herr Pfarrer“, rief Paddy beschwörend, „lassen Sie die Finger von diesem Stuhl, sonst werden Sie morgen eine Totenmesse für die Ruhe Ihrer eigenen Seele lesen müssen.“

Pfarrer Duddleswell erhob wieder die Stimme. „Fred Bowlby hat mir großzügig hundert Pfund angeboten, wenn ich es wage, mich auf diesen elenden Stuhl zu setzen."

„Ich erhöhe das Angebot", sagte Mr. Bowlby unerwartet. „Zweihundert Pfund." Er hielt inne, um die Wirkung abzuwarten, und fügte dann hinzu: „Unter einer Bedingung: daß Sie sich *nicht* draufsetzen."

Als das Gemurmel in der Schankstube nachließ, hörte man Paddy brabbeln: „Damit könnte ich mir genug von dem harten Zeug kaufen, um mich zur Ruhe zu setzen."

„Fred Bowlby fürchtet, daß ich den Fluch dieses Stuhls als Hochstapelei entlarve und dadurch sein Geschäft schädige", verkündete Pfarrer Duddleswell frohlockend.

„Niemals!" schrie Mr. Bowlby. „Ich will bloß nicht, daß Sie sterben."

„Ich werde mich trotzdem draufsetzen, und zwar sofort und außerdem eine Woche lang jeden Abend zur gleichen Zeit. Und am Ende dieser Woche soll mir der Stuhl gehören. Einverstanden, Mister Bowlby?"

Fred Bowlby erwiderte, wenn Pfarrer Duddleswell nach dieser Woche nicht tot sei, würde der Stuhl ihm selber auch nichts mehr nutzen, so daß es ihm gleichgültig sei, wem er dann gehöre.

Da schlug es acht Uhr, und Pfarrer Duddleswell stieg von seiner behelfsmäßigen Kanzel. Die Anwesenden, die einen weiten Kreis um ihn gebildet hatten, konnten aus sicherer Entfernung sehen, wie er ein großes, etwas windschiefes Kreuz schlug und sich langsam auf den Stuhl fallen ließ.

Man hörte einige laute Seufzer und leises Füßescharren, aber sonst nichts.

Da rief Pfarrer Duddleswell, jeder Zoll Herr der Lage: „Einen Drink, Eileen! Seien Sie so gut."

„Was soll's sein, Herr Pfarrer?“ Mrs. Bowlbys Stimme klang heiser.

„Was haben Sie zu bieten?“

Leises Gekicher begrüßte diese Rückfrage eines offensichtlich nicht zu den Stammkunden Gehörenden. Doch die meisten Besucher waren sich über die Größe des Geschehens im klaren.

Mrs. Bowlby fragte: „Wäre Ihnen ein halber Liter Dunkles recht, Hochwürden?“

„Die Hälfte davon. Eine kleine Hälfte“, antwortete Pfarrer Duddleswell, der gewöhnlich kein Bier trank.

Als Mrs. Bowlby ihm das Glas brachte, flammte ein Blitz auf. Es war ein Reporter des – zweifellos vorgewarnten – Lokalblatts, der eine Aufnahme von Pfarrer Duddleswell schoß, wie er auf dem Unglücksstuhl thronte und sich gelassen eine halbe Pinte genehmigte. Fünf weitere Schnappschüsse folgten.

Schweigend leerte Pfarrer Duddleswell sein Glas. Als er aufstand, rutschte er, wahrscheinlich in einer Bierpfütze, aus und landete platt auf dem Hinterteil.

Besorgt eilte ich ihm zu Hilfe. „Haben Sie sich verletzt, Herr Pfarrer?“

Er stand auf und klopfte sich die Kleidung aus. „Die Knochen sind heil geblieben“, ächzte er. „Das war bloß der Teufel, der sich eingemischt hat.“ Und er reichte mir die zerbrochenen Bestandteile der Stuhlnachbildung. „Es wäre mir aber trotzdem lieb, wenn Sie mich jetzt nach Hause brächten, Father Neil.“

Ich stützte ihn beim Hinausgehen, wobei er sich von jedem verabschiedete. „Bis morgen um die gleiche Zeit“, rief er von der Tür. „Gute Nacht Ihnen allen, meine Herren und Damen.“

Draußen auf der Straße sagte ich zu ihm: „Sie waren phantastisch, Herr Pfarrer.“

„Wirklich, meinen Sie, Father Neil?“ Nachdem wir eine Weile schweigend dahingestapft waren, bemerkte er: „Wissen Sie, Father Neil, ich habe doch ernstlich gelitten. Dunkles Bier finde ich einfach abscheulich.“

Wie versprochen kam Pfarrer Duddleswell am anderen Tag, also Sonntag, und an den folgenden Wochentagen abends in die ‚Schweinskehle‘. Nichts schien seinen friedlichen Gemütszustand zu beeinträchtigen. Für einen Menschen, der nach Auffassung der abergläubischen Seelen ringsum am Rand des Grabes stand, war er ein Vorbild an heiterer Gefaßtheit.

Mrs. Pring war nicht so gelassen. Sie machte sich Vorwürfe, diese aufregenden Ereignisse ausgelöst zu haben. „Father Neil“, vertraute sie mir am Freitagabend an, als Pfarrer Duddleswell gerade wieder seine Sitzung auf dem Unglücksstuhl absolvierte, „noch zwei solche Tage und Nächte, und meine Nerven sind am Ende. Selbst wenn der Herr Pfarrer überlebt – ich werde es nicht. Warum können Sie ihn nicht wenigstens am Ausgehen hindern?“

„Aussichtslos“, sagte ich. Das stimmte. Ich hatte mich angeboten, an Pfarrer Duddleswells Stelle den Kranken die Kommunion zu bringen und die Besuche im Hospital zu machen. All diese Angebote hatte er mit sanfter Hartnäckigkeit ausgeschlagen, so, als sehe er keinerlei Grund für meinen Eifer.

Ich hatte ihn mit allen Mitteln im Haus zu halten versucht, damit er nicht etwa von einem ungläubigen Lastwagenfahrer überfahren oder von irgendeinem geltungssüchtigen Wahnsinnigen angefallen würde. Doch jedesmal hatte er sich meiner Fürsorge elegant entzogen. Dabei war in seinem Benehmen und seinen täglichen Gewohnheiten keine Veränderung festzustellen.

Um Mrs. Pring zu trösten, sagte ich ihr, ich hätte Pfarrer Duddleswell überallhin begleitet. „Aber er schien sich nicht im geringsten zu sorgen."

„Er machte wirklich einen quietschvergnügten Eindruck", erwiderte sie. Sie holte ihren Rosenkranz hervor und fügte hinzu: „Dreimal täglich bete ich den Rosenkranz für ihn."

In diesem Augenblick kam Pfarrer Duddleswell herein, frisch aus der ‚Schweinskehle' heimgekehrt. Er ging stracks auf sie zu. „Meine liebe alte Freundin", murmelte er, indem er ihre Hand mit dem Rosenkranz emporhob, „das nenne ich wahres katholisches Beten. Der Rosenkranz ist die Zierde der christlichen Hausfrau. Aber versprechen Sie mir eine Sache, liebe Missis Pring."

„Alles, Hochwürden."

„Versprechen Sie, nicht für mich zu beten." Er lächelte nachsichtig. „Die Lage ist schon schlimm genug." Sprach's, wünschte uns eine gute Nacht und zog sich auf sein Zimmer zurück.

Eine bemerkenswerte Woche lag hinter uns. Am Dienstag hatte die Lokalzeitung in einer Sondernummer über die Geschichte berichtet. Ab Mittwoch klingelte das Telefon ohne Unterlaß, und am nächsten Tag wußte die Nation Bescheid. Fotos von Pfarrer Duddleswell auf dem Unglücksstuhl erschienen in der Boulevardpresse.

Und nun war der Samstagmorgen hereingebrochen. In Pfarrer Duddleswells Messe standen die Gläubigen Kopf an Kopf. Am Ende des Gottesdienstes verkündete er: „Am morgigen Sonntag feiern wir die Neun-Uhr-Messe für die Seelenruhe dreier braver Bürger, die eines natürlichen Todes starben, nachdem sie sich auf einen völlig harmlosen Stuhl gesetzt hatten."

Vor dem Mittagessen suchte ich ihn in seinem Arbeitszimmer auf. Es herrschte emsige Geschäftigkeit, und das Telefon wurde nicht kalt.

„Der ‚Express', sagen Sie?" Pfarrer Duddleswell war in Hochform. „Ja, das Finale findet heute abend um acht in der ‚Schweinskehle' statt. Natürlich können Sie einen Fotoreporter vorbeischicken." Er strich sich über Haar und Brauen, als mache er sich fertig für den Auftritt. „Also, Gott befohlen!"

„Noch ein Haufen Zeitungsausschnitte und Telegramme", sagte ich, den neuesten Posteingang in die Höhe haltend.

„Nicht zu viele schwarz umrandete, hoffe ich, Father Neil."

Mrs. Pring kam herein und meldete drei weitere Reporter.

„Jetzt nicht, Missis Pring", befand Pfarrer Duddleswell. „Sagen Sie ihnen, daß ich morgen nachmittag eine Pressekonferenz abhalten werde, und wenn ich dazu von den Toten auferstehen müßte."

Mrs. Pring unterdrückte eine Träne und ging hinaus.

Schon wieder klingelte das Telefon.

„Pfarrer Duddleswell ... Wer zum Kuckuck ist dran? ... Bischof O'Reilly? Ja, Exzellenz? ... Nein, Exzellenz ... Ich versichere Ihnen, Sie brauchen keinen Exorzisten zu schicken. Es handelt sich nur um einen unbedeutenden Fall örtlichen Aberglaubens, den ich im Rahmen meiner normalen Obliegenheiten erledigen werde."

Als die abendliche Beichtgelegenheit sich ihrem Ende zuneigte, warteten immer noch fünfzig bis sechzig bußfertige Sünder vor Pfarrer Duddleswells Beichtstuhl. Ich sagte ihnen, sie sollten nach Hause gehen, denn der Herr Pfarrer müsse sich mit einem Essen stärken.

In diesem Augenblick trat Pfarrer Duddleswell aus seinem Beichtstuhl und sagte: „Nächste Woche bin ich todsicher wieder hier." Damit ging er hocherhobenen Hauptes durch die Sakristei ins Haus.

Das Abendessen verlief einsilbig. Keiner von uns hatte Lust zu sprechen. Am Schluß sagte Pfarrer Duddleswell nur: „Beten Sie für mich, Father Neil. Und sagen Sie Missis Pring, sie soll wenigstens heute Glauben beweisen und das geweihte Öl an dem dafür vorgesehenen Platz lassen."

Mrs. Pring stand schon in ihrer besten Ausgehkleidung nahe der Eßzimmertür und erklärte, sie werde jetzt nicht abwaschen, vielleicht sogar überhaupt nie mehr. Sie zitterte wie Espenlaub, war aber entschlossen, die Sache durchzustehen.

An den Straßenrändern standen Menschen wie bei einem Umzug. Man hörte Hoch- und Spottrufe, die Pfarrer Duddleswell gelassen entgegennahm. Händler verkauften Riesenluftballons mit Pfarrer Duddleswells Gesicht. Es gab drei Wurstbuden, und auf einen Blick zählte ich fünf Eiswagen. Polizisten regelten den Verkehr. Pfarrer Duddleswell blieb immer wieder stehen, um Autogramme zu geben. Am Eingang zur ‚Schweinskehle' machte die Menge respektvoll Platz, um Pfarrer Duddleswell und mich sowie Mrs. Pring passieren zu lassen.

Die Schankstube war gestopft voll von Kunden, Reportern und Fotografen. Der Pianist spielte eine Melodie, die ganz entfernt an ein Kirchenlied erinnerte. Neben dem Unglücksstuhl stand auf einer Plattform ein Mikrofon. Wie wir erfuhren, hatte ein Stammgast in weiser Voraussicht für die Installierung einer Lautsprecheranlage gesorgt, so daß auch die auf der Straße Stehenden das Geschehen verfolgen konnten.

Pfarrer Duddleswell bestieg die Plattform und blies ein paarmal ins Mikrofon. Dann wurde es mäuschenstill.

Zunächst dankte Pfarrer Duddleswell dem Wirt ironisch für seine Großzügigkeit und den Versammelten für ihr Verständnis und ihr Gebet, ohne die er diese harte Woche nicht hätte durchstehen können. „Aber wie Sie sehen, meine Damen und Herren und all ihr jungen Leute draußen" – Hochrufe wurden laut – „hat der Aberglaube mich nicht zerstört. Vielmehr bin ich dabei, *ihn* zu zerstören, mit Hilfe Gottes des Allmächtigen." Wieder waren Hochrufe zu hören. „Und nun möchte ich den Wirt dieses ehrenwerten Lokals persönlich herausfordern."

Mr. Bowlby trat vor. „Ja?"

„Fred Bowlby, Sie haben versprochen, sich auf den Stuhl zu setzen, wenn ich es tun würde."

„Habe ich das? Also gut, nach Ihnen."

Pfarrer Duddleswell hatte jetzt deutlich Oberwasser und bemerkte spöttisch: „Er hofft immer noch, ich würde vor Ablauf dieser Woche sterben. Vielleicht ein plötzlicher Blutsturz." Gelächter. „Oder ein Blitzstrahl vom Himmel." Stärkeres Gelächter. „Oder ich würde von dieser Plattform herunterfallen und mir den Hals brechen." Er tat, als schwanke er, fing sich aber wieder, was mit Hochrufen quittiert wurde.

„Wahrscheinlicher ist, daß ich vor Lachen sterbe." Ein ohrenbetäubendes Gelächter war die Antwort.

„Fred Bowlby, ich werde Ihnen hundert Pfund geben, wenn Sie sich auf diesen Stuhl setzen, ehe meine Woche zu Ende ist."

Mr. Bowlby schob das Kinn vor. „Sie denken, ich habe Angst, was?"

„Jawohl."

„Sie täuschen sich." Und beherzt setzte sich Mr. Bowlby auf den Unglücksstuhl.

Es gab Beifall, und etwas verdutzt sagte Pfarrer Duddleswell: „Sie sind mutiger, als ich annahm, Fred Bowlby."

„Für mich ist es einfach", entgegnete Mr. Bowlby, „denn ich bin nicht abergläubisch. Jetzt sind wir quitt."

Seufzend stieg Pfarrer Duddleswell von der Plattform herunter. „Eileen, bitte meine halbe Pinte", rief er.

Mrs. Bowlby stand schon bereit und hielt ihm das Bier hin. Pfarrer Duddleswell blies über den Schaum und setzte sich dann mit dem Mikrofon in der einen und dem gefüllten Glas in der anderen Hand zum letztenmal auf den Unglücksstuhl.

Der Beifall war frenetisch. Als er nachließ, schlürfte Pfarrer Duddleswell geräuschvoll sein Braunbier über dem Mikrofon. Dann stand er auf und schrie aus Leibeskräften, daß der Lautsprecher dröhnte und schepperte: „Seht, mein Name ist Lazarus, *und ich lebe*!"

Das Publikum raste vor Begeisterung. Als wieder etwas Ruhe eingekehrt war, wandte sich Pfarrer Duddleswell zu mir und sagte mit einem vom Lautsprecher verstärkten Flüsterton: „Nun sind Sie dran, Father Neil."

Ich war entsetzt über diese unerwartete Wendung der Dinge. „Aber ich vertrage kein Bier, Herr Pfarrer."

„Sie brauchen nichts zu trinken, mein Sohn. Sie sollen nur Ihren Allerwertesten wie ein anständiger Christenmensch dorthinsetzen." Als er mein Widerstreben sah, wandte er sich verärgert an die Wirtin. „Kommen Sie, Eileen, wenn Ihr Mann nichts dagegen hat."

„Gar nichts", sagte Mr. Bowlby grinsend. „Ich hatte noch nie etwas dagegen."

Mit Schwung schenkte sich Mrs. Bowlby an der Bar einen kleinen Cognak ein und setzte sich auf den Stuhl, der ihr so viele schlaflose Nächte verursacht hatte.

Auch sie erhielt Beifall.

Danach kam Mrs. Pring an die Reihe.

„Was möchten Sie?" fragte Mrs. Bowlby.

„Einen rosa Gin", antwortete Mrs. Pring.

„Keine Sünde ist so verborgen", brummte Pfarrer Duddleswell, „daß sie nicht doch ans Tageslicht kommt."

Mrs. Pring setzte sich und leerte ihr Glas in einem Zug.

Beschämt durch den Mut des schwächeren Geschlechts nahm ich verspätet mein Leben in beide Hände und setzte mich. Dünner Beifall war alles, was ich erntete.

„Eileen, geben Sie meinem Kaplan ein Glas Orangensaft, bitte. Er wird es brauchen, wenn er diesen Stuhl für mich nach Hause trägt."

An diesem Abend schien jeder glücklich außer mir. In seiner größten Not, als meine Unterstützung erwartet wurde, hatte ich einen Mann Gottes im Stich gelassen. Ich hatte versagt. Beim Nachhausegehen sagte Pfarrer Duddleswell, dem meine Gedrücktheit nicht entgangen war: „Halten Sie den Kopf ruhig wieder hoch, Father Neil, und lächeln Sie. Gefühlsmäßig lagen Sie absolut richtig."

„Aber die Frauen", begann ich, „Missis Pring ..."

„Verkalkt bis in die Ohrläppchen. Dagegen können Sie nichts machen. Seitdem Eva den Apfel gegessen hat, haben sie nie das Geheimnis der Sünde verstanden."

„Ich bin ein Feigling", sagte ich zerknirscht.

„Wenn man das zugibt, ist man mutig, Father Neil. Meiner Meinung nach sind Sie ebenso mannhaft wie vorsichtig."

Offenkundig bemerkte er mein Zittern nicht, während ich den Unglücksstuhl auf Armeslänge vor mir hertrug. Ich war äußerst erleichtert, als ich das gute Stück endlich in seinem Arbeitszimmer absetzen konnte.

„Alles in Ordnung, Father Neil", sagte Pfarrer Duddleswell. „Die Bombe ist entschärft."

Wir saßen einander einige Augenblicke aufatmend gegenüber.

Dann sagte Pfarrer Duddleswell: „Ich muß Ihnen noch ein kleines Geständnis machen, Father Neil."

Ich zeigte mich uninteressiert und schwieg.

„Es ist eine Versuchung, die uns alle ankommt."

„Wieso? Was ist?"

„Also, in erster Linie der Alkohol. Noch vor einer Woche war mir das Zeug zuwider. Und nun ..." Er leckte sich die Lippen.

„Was noch, Herr Pfarrer?"

„Blinder Stolz."

„Nicht doch, Herr Pfarrer. Sie sind mutig, und ich bin es nicht. Sie sind ein Mann des Glaubens, und ich bin ein größerer Heide, als Fred Bowlby es je sein kann."

Pfarrer Duddleswell hüstelte verlegen. „Durchaus nicht, durchaus nicht. Ich erzähle Ihnen das jetzt, um Ihnen zu zeigen, daß Sie tatsächlich tapferer sind als ich."

Neugierig geworden, wartete ich stumm ab.

Nach einer Weile sagte er: „Mein kleines Geheimnis besteht darin, daß ich überhaupt nie auf dem Unglücksstuhl gesessen habe."

Ich zwinkerte. Darauf war ich nicht vorbereitet gewesen. Als ich mich einigermaßen gefaßt hatte, fragte ich: „Wollen Sie sagen, Sie haben sich die Heilige Schrift in den Hosenboden gesteckt?"

„Nein, ich will sagen, ich habe den Unglücksstuhl kaputtgemacht, ehe ich mich draufsetzte."

Und das war seine Geschichte. Er war die Portobello Road hinuntergeschlendert, um eine Art Doppelgänger für den Unglücksstuhl zu suchen. Das war sogar einfacher, als er es sich vorgestellt hatte. Nach ganz kurzer Zeit fand er einen täuschend ähnlich aussehenden Rohrstuhl für nur zwei Pfund. Bis zum letzten Samstag hatte er ihn in der Garage versteckt. „Sie werden sich erinnern, Father Neil, wie elend mir zumute war." Er hatte sich mit Mrs. Bowlby verbündet, die ihn an jenem Samstagmorgen um drei Uhr früh in die ‚Schweinskehle' eingelassen hatte. Sie hatte sich den Schlüssel des Vorhängeschlosses vom Gürtel ihres schnarchenden Gemahls geholt. Sie und Pfarrer Duddleswell hatten den neuen Stuhl an den Platz des alten gestellt, die Silberplatte an die Lehne geschraubt und das goldene Kissen auf den Sitz gelegt.

„In einer halben Stunde war alles erledigt“, sagte er.

Meine Bewunderung für ihn war unvermindert, wenn auch vielleicht eine Nuance anders als zuvor, und ich fragte: „Und was haben Sie mit dem richtigen Stuhl gemacht?“

Er wurde rot. „Ich bin nicht abergläubisch – wirklich nicht, Father Neil. Aber ich durfte kein Risiko eingehen.“

Ich stand auf und setzte mich lässig in den Unglücksstuhl. „Wie ging es dann weiter?“ fragte ich verbindlich.

„Ich trug ihn zu dem Bombengrundstück in der Ordnance Road.“

„Und dann?“

Er wollte nicht so recht herausrücken mit dem Ende seiner Geschichte.

„Zuallererst besprengte ich ihn mit Weihwasser und sprach die Exorzismusformel aus dem Rituale.“

„Sicher ist sicher“, witzelte ich. Als er nickte, fragte ich weiter: „Was haben Sie dann mit ihm gemacht?“

„Zerbrochen. Ich durfte ihn nicht verbrennen, verstehen Sie? Zu dieser frühen Stunde hätte es auffallen können.“

„Also?“

„Eigentlich wollte ich ihn mitten in dem Abfall liegen lassen, aber dann hatte ich Angst, die Kinder aus der Gegend könnten damit spielen, und ich wollte sie nicht in Gefahr bringen ...“ Seine Stimme wurde leiser.

Wieder drängte ich ihn weiterzureden.

Er hustete. „Was konnte ich anderes tun, als die volle Verantwortung zu übernehmen? Ich brachte ihn hierher zurück.“ Er sah meinen verstörten Blick. „Regen Sie sich nicht auf, Father Neil. Er ist sicher verstaut. Unterdessen war es nach vier Uhr geworden, und da ich wußte, daß Sie und Missis Pring sogar den Jüngsten Tag verschlafen würden, ging ich in den Garten und vergrub ihn in der weichen Erde hinter der letzten Hecke."

Ein Klopfen an der Tür ersparte mir weitere Ängste. Mrs. Pring spazierte herein.

„Gesundheit und ein langes Leben", sagte sie knicksend. Der spöttische Ton verbarg nicht ihre Bewunderung. „Es sollte mich nicht erstaunen, wenn Sie mit hundert Jahren noch in die Heidenmission gehen. Aber Sie sind wirklich eine Wucht."

„Habe ich das je bestritten?" antwortete Pfarrer Duddleswell. Er deutete auf den Stuhl. „Für Sie, Missis Pring."

Ich erhob mich und bot ihr den Platz an.

„Wirklich, Herr Pfarrer? Für meine Küche?" Er nickte. „Oh, danke vielmals. Daß ich es nicht vergesse: Es will Sie jemand sprechen. Er hat mich nach Hause begleitet."

Hinter ihr tauchte Mr. Bowlby auf. Sein ganzes Auftreten war verändert. Er wirkte gedrückt.

„Wollen Sie mir die Füße küssen, Fred Bowlby?"

„Gewissermaßen, ja."

Als Mrs. Pring gegangen war, um abzuwaschen, sagte Pfarrer Duddleswell kurz: „Nein, Sie können ihn nicht zurückhaben, Fred. Ich habe ihn gerade Madame Tussaud für ihre Schreckenskammer versprochen."

„Das ist nicht der Unglücksstuhl", sagte Mr. Bowlby.

„Wie haben Sie –", begann Pfarrer Duddleswell. „Ich meine ... was wollen Sie sagen?"

Mr. Bowlby wurde rot wie Klatschmohn. „Hm, also, Hochwürden, wie Sie wissen, bin ich nicht –"

„Abergläubisch", warf Pfarrer Duddleswell ein.

Mr. Bowlby nickte. „Aber als Charlie Skinner vor drei Monaten ertrank, habe ich mich entschlossen, das Ding loszuwerden. Ich war nicht scharf darauf, daß irgend jemand, zum Beispiel Sie, durch den Stuhl zu Tode käme und ich wegen fahrlässiger Tötung belangt würde."

„Ja, und?"

„Also habe ich einen ganz ähnlichen Stuhl aufgetrieben."

„In der Portobello Road", orakelte Pfarrer Duddleswell.

„Woher wissen Sie das?"

„Wo sollte man sonst danach suchen."

„Kostete mich nur ein paar Pfund", sagte Mr. Bowlby. „Ich stellte ihn an den Platz des richtigen. Nicht einmal meiner Frau habe ich etwas davon erzählt."

„Und was haben Sie mit dem ‚richtigen' Stuhl gemacht, Fred?"

„Am liebsten hätte ich ihn im Garten vergraben, aber Eileen macht sich dort immer zu schaffen." Er wurde wieder rot. „Also gab ich ihn zurück."

„In das gleiche Geschäft?" fragte Pfarrer Duddleswell mit mühsam unterdrückter Erregung.

„Ja. Ich sagte, er passe nicht in meine Kneipe, und verkaufte ihn wieder für ein Pfund zehn." Er scharrte mit den Füßen. „Ich wollte Ihnen nur sagen, Hochwürden: Obgleich Sie also nicht auf meinem Unglücksstuhl gesessen haben, haben Sie doch gedacht, Sie säßen drauf. Und darauf kommt es ja an, nicht wahr?"

Pfarrer Duddleswell murmelte: „Ich weiß nicht, ich weiß nicht."

„Sie sind mutig, Hochwürden – ich nicht. Es war nicht meine Absicht, aber ich habe Ihnen doch heute abend ein bißchen die Schau gestohlen. Da will ich Ihnen nun nicht auch noch die hundert Pfund stehlen. Also, hier." Er überreichte ihm ein dickes Bündel Geldscheine. „Und jetzt werde ich Sie in Frieden lassen." Er wandte sich um, und da sich keiner von uns rührte, sagte er: „Bemühen Sie sich nicht, ich finde schon hinaus."

Kaum hatte Mr. Bowlby die Tür hinter sich geschlossen, klappte Pfarrer Duddleswell aschfahl in seinem Sessel zusammen. „‚In Frieden lassen', hat er gesagt. Ich habe mich sechs- oder siebenmal beinahe massakriert, und dieser Erzgauner sagt, er will mich in Frieden lassen."

„Was sollen wir mit dem Ding jetzt machen?" fragte ich. „Zurückbringen in die Portobello Road?"

„Genauso feige wie Fred Bowlby?" erwiderte Pfarrer Duddleswell entrüstet. „Nie! Ich werde Missis Pring beschwatzen, ihn mir für fünfzig Pfund zurückzugeben. Unterdessen ergreifen Sie einen Spaten, Father Neil, und graben ein ganz tiefes Loch im Garten."

Meine erste Taufe

„Dieses übergeschnappte Frauenzimmer, dieses hirnlose Weibsstück!“ Pfarrer Duddleswell stand auf dem Treppenabsatz und hob beschwörend die Hände gen Himmel.

„Was ist denn los?“ fragte ich, während ich meinen Kopf neugierig zur Zimmertür hinausschob.

„Meine Schlüssel!“, keuchte er, und seine blauen Augen blitzten zornig durch die Gläser seines metallenen Brillengestells. „Meinen Sie, ich könnte meine Schlüssel finden? Nein, das kann ich nicht. Die liebe Missis Pring hat sie nämlich mal wieder von der Anrichte gefilzt, und weder sie noch der heilige Antonius haben auch nur im entferntesten eine Ahnung, wo sie sie wieder versteckt hat.“

Ich musterte ihn vorsichtig, ehe ich ganz behutsam fragte: „Haben Sie auch schon in Ihren Taschen nachgesehen, Herr Pfarrer?“

„Sie halten mich wohl für einen kompletten Vollidio –?“ Während er den unvollendeten Satz hervorstieß, begann er seine Soutane abzutasten wie ein kleiner Affe beim Flöhen. „In meinen Taschen?“ fragte er verwirrt, und sein Zorn wechselte in Spott über. „In meinen Taschen, haben Sie gesagt?“ Seine Hand hatte etwas Hartes in der linken Seite der Soutane ertastet. Ganz langsam zog er gleich darauf die Schlüssel hervor. „Diese verdammte Evastochter“, brummte er, „jetzt versteckt sie meine Sachen doch schon in meinen eigenen Taschen.“ Seine Stimme donnerte laut durchs Haus: „Missis Pring!“

Gemächlich erschien kurz darauf unsere wohlbeleibte, weißhaarige Mrs. Pring; in ihrer Linken trug sie einen Besen, den sie aufstampfte wie der Nikolaus seinen Bischofsstab. „Na also, haben Sie sie endlich gefunden?“ fragte sie mit gerunzelter Stirn. „Ich werde den Kirchenchor zusammenrufen, damit er das Tedeum absingt.“

„Ich habe ihn nicht selbst gefunden“, polterte Pfarrer Duddleswell, „es war Father Neil.“

„Und *wo* hat er sie gefunden?“

„Spielt das etwa eine Rolle, Weib? Genügt es nicht, daß er sie gefunden hat?“

Mrs. Pring wiegte geringschätzig den Kopf. „Wer weiß, wo Sie die Dinger wieder hingelegt haben. Wahrscheinlich waren sie nie verschwunden.“

„Halten Sie ihre Lästerzunge im Zaum, Weib“, wies er sie zornig zurecht. „Ich habe Sie nicht hergerufen, um mir ihre respektlosen Verdächtigungen anzuhören. Wie könnte Father Neil sie denn gefunden haben, wenn sie nicht verschwunden waren?“ Dann wandte er sich an mich. „Father Neil“, sagte er, „wären Sie wohl so freundlich, dieser Frau, die ganz offenbar nie in ihrem Leben eine Vorlesung über logisches Denken gehört hat, einmal zu sagen, daß Sie ...“

Ehe er ausgesprochen hatte, war ich fluchtartig wieder in mein Zimmer zurückgekehrt. Mochten die beiden Kampfhähne untereinander ausmachen, wer die Schuld daran trug, daß Pfarrer Duddleswells dicker Schlüsselbund in seinen eigenen Taschen verschwunden war.

Ich setzte mich hin und öffnete mein Brevier, aber ich fühlte nicht die rechte Lust zum Beten. Der schöne Oktobermorgen schien mir besser dazu geeignet, über meine bisherige Laufbahn in der St.-Judas-Gemeinde nachzudenken.

Vier geschäftige Monate waren vergangen, seit ich zum erstenmal an die Tür des Pfarrhauses geklopft hatte und von Mrs. Pring und dem undefinierbaren Jaulen von Pfarrer Duddleswells „antikem" Grammophon begrüßt worden war. Damals war ich, wie ich mich mit einem milden Lächeln erinnerte, noch so grün und hilflos wie ein kleines Mädchen gewesen.

Zwei Vorfälle standen mir noch lebhaft vor Augen. Da hatte ich einmal Mary Herlihy, eine jungvermählte Frau, gefragt, wie sie sich nun als verheiratete Frau fühle. „Großartig, Father", hatte sie geantwortet, „nur am Morgen fühle ich mich immer ganz zerschlagen." Ohne über ihre Antwort nur eine Sekunde lang nachzudenken, hatte ich weitergefragt: „Liegt's vielleicht daran, daß Sie am Abend etwas Schwerverdauliches zu sich nehmen, Missis Herlihy?"

Der zweite Vorfall war jener, als ich dem katholischen Frauenverein meinen ersten Besuch abstattete. Die Damen hatten sich fassungslos im Raum umgeschaut, als ich meine Ansprache begann mit „Meine sehr geehrten Damen und Herren". Als ich den Vorfall später Mrs. Pring erzählte, hatte sie mich mit der Bemerkung getröstet: „Machen Sie sich nichts draus, Father Neil. Wenn ich sehe, wie manche von denen in Hosen herumlaufen, als ob sie Kerle wären, dann finde ich diese Anrede sogar sehr treffend."

Allmählich hatte ich mich jetzt daran gewöhnt, die Beichte abzunehmen, ohne dabei zu fürchten, ich könnte es vor Aufregung versäumen, die Absolution zu erteilen. Das Predigen fiel mir zwar noch immer nicht leicht, aber ich hatte wenigstens das quälende Lampenfieber davor verloren. Freude machte es mir, Alten und Bettlägerigen die heilige Kommunion zu bringen; sie zeigten mir offen ihre Freude, wenn ich sie aufsuchte.

Hausbesuche brachten eigentlich überhaupt keine Probleme mit sich, wenn ich nur erst über die Schwelle war. Nur in der Sekunde, ehe ich klingelte oder anklopfte, schien der Teufel mir immer ins Ohr flüstern zu wollen, ich solle meinen Besuch doch auf den nächsten Tag verschieben. Insbesondere schreckte ich vor den drei alten Mietshäusern zurück, die mitten im Ort lagen. Sie hatten weder eine Flurbeleuchtung noch einen Aufzug. Die meisten Stufen der Steintreppen waren brüchig, und in den Treppenhäusern roch es nach Küche oder Krankenhaus. Die wenigsten Türen waren mit Nummern- oder Namensschildern versehen. Ich mußte immer auf gut Glück anklopfen, wobei ich mir von einem Stoßgebet Hilfe darin erhoffte, wenigstens an der richtigen Adresse zu sein.

Dabei war das eigentlich völlig gleichgültig. Nichtkatholiken erwiesen sich meiner Priesterkleidung gegenüber samt und sonders als höflich und zeigten mir zuvorkommend den Weg zu den katholischen Hausgenossen. Manchmal fühlte ich die beklemmende Überzeugung, daß sie aus purer Gehässigkeit so eifrig seien, mir den Weg zu meinem verlorenen Schäfchen zu zeigen, und dann fühlte ich mich sogar erleichtert, wenn mir auf mein Klopfen hin nicht geöffnet wurde. Gott würde mir keinen Vorwurf machen können, wenn mein Bemühen auf diese Weise erfolglos bleiben würde.

Wie schon seit Jahren schrieb ich meiner Mutter in

regelmäßigen Abständen, und aus ihren Antworten ging hervor, daß es der Familie wohl erging. Mein Gehalt betrug nur vierzig Pfund im Jahr – Pfarrer Duddleswell zahlte mir das erste Vierteljahr in Fünfschillingmünzen aus –, aber hinzu kamen noch Gelder für Messen, manchmal fünf Schilling, manchmal mehr für eine Messe, die mir im Durchschnitt weitere zwei Pfund wöchentlich einbrachten.

Es gab noch weitere Einkommensquellen. In letzter Zeit hatte es in St. Judas einige Hochzeiten, eine Beerdigung und ein paar Dutzend Taufen gegeben. Zwar hatte Pfarrer Duddleswell alle diese Pflichten übernommen, aber er hatte die Erträge redlich mit mir geteilt. Er hatte kein Wort darüber verloren, nach welchem Maßstab er die Aufteilung vorgenommen hatte, aber mein Anteil war jedenfalls so beachtlich, daß ich keine Sekunde lang daran zweifelte, genau die Hälfte erhalten zu haben.

Unterkunft und Verpflegung waren frei, so daß ich zum ersten Mal im Leben meinen Brüdern und Schwestern, die noch zur Schule gingen, Geld überweisen konnte. Sie fehlten mir, vor allem an den hohen Feiertagen, an denen ich nichts zu tun hatte, so daß ich mich langweilte.

Aber nicht nur in finanzieller Hinsicht hatten sich meine Verhältnisse gebessert. Ich besaß ein eigenes Radio. Obwohl es ein alter Dreiröhrenempfänger war, der beständig pfiff und krächzte, als sei er auf Kurzwellensender aus anderen Erdteilen abgestimmt, konnte ich doch regelmäßig Nachrichten hören und mich darüber informieren, was in der Welt vor sich ging. Im Seminar hatte ich mir, abgesehen vom *Catholic Herald*, weder eine Zeitung noch eine Zeitschrift erlauben können. Und wer da gar einen Roman gelesen hätte, der wäre mit scheelen Augen angesehen worden. So ein Buch galt als zu trivial und weltlich für einen, dessen Augenmerk der Ewigkeit zugewandt sein sollte.

Als wesentlichste Veränderung meiner Situation empfand ich den Umstand, hier mit Pfarrer Duddleswell und Mrs. Pring zusammen sein zu können.

Mein Gemeindepfarrer, stattlich, bebrillt, fast kahlköpfig – „die Mäuse haben mir das Dachstroh abgefressen", pflegte er zu sagen –, war ein kleinbürgerlicher, streitbarer Spaßvogel. Aber trotz seiner Grillen und seiner unvorhersehbaren Ausbrüche verehrten ihn die Mitglieder der Gemeinde. Sie wußten, daß er ihr Bestes wollte. Wie sein Freund, Dr. Daley, einmal sagte: „Unser lieber Charles ist gewiß nicht als Heiliger geboren worden, daran gibt's keinen Zweifel, und er würde wohl eher die Zunge hinunterschlucken als eine Ungehörigkeit, die ihm gerade auf der Zunge liegt. Aber in ihm hat Gott einen fröhlichen Freund gefunden, und deshalb ist er auch ein guter Mensch."

Pfarrer Duddleswell, der von sich behauptete, so alt und undurchdringlich wie der Nebel über dem Moor zu sein, hatte mich gelehrt, wie ich Geheimnisse zu wahren hätte. „Öffnen Sie Ihr Herz weit, Father Neil", lautete sein Rat, „aber ziehen Sie die Vorhänge Ihrer Gedanken herunter. Sollten Sie jemals Ihren Gedanken vor den guten Leuten freien Lauf lassen, welchen Sinn hätte das wohl? Sie würden die Menschen damit nur verwirren und erschrecken, und dabei haben sie mit ihren eigenen Sorgen doch schon genug am Hals." Und mit einem Augenzwinkern fügte er hinzu: „Aber denken Sie stets daran, Father Neil: Was ein Priester sagt, verbreitet sich wie ein Lauffeuer."

Mrs. Pring erwies sich als eine zuverlässige Verbündete, die uns auf hunderterlei Weise stumm bezeugte, daß sie sich um uns sorgte.

„Die beiden großen Geheimnisse der Christenheit sind die Heilige Dreifaltigkeit und das, was in Pfarrer Duddleswells Kopf herumspukt", sagte sie einmal zu mir. „Eigentlich ist er ein ganz verschlagener Kerl, der niemals etwas zusammennageln würde, wenn er's auch verschrauben kann."

Als ich auflachte, schaute Mrs. Pring mich vorwurfsvoll an. „Das ist die reine Wahrheit. Sogar seine Gebete steigen so zum Himmel auf." Sie zeichnete mit dem Zeigefinger die Spirale einer Schraube in die Luft. „Und noch etwas will ich Ihnen sagen, Father Neil: Wenn Sie von diesem Mann etwas wissen oder erbitten wollen, dann fragen Sie ihn früh am Morgen. Er ist genau wie ein Pilz. Je weiter der Tag fortschreitet, desto schlimmer wird er."

Wenn zwei solche Experten im Pfarrhaus von St. Judas zusammen lebten, mußte es natürlich immer wieder Schwierigkeiten geben. Aber merkwürdigerweise wurde ich nur selten in diese einbezogen, und ich hatte sogar das Gefühl, daß viele ihrer Wortgefechte nichts anderes bedeuteten, als daß sie sich gegenseitig das Vorrecht bestritten, sich um mich zu sorgen.

Allmählich fand ich auch Gefallen am Leben in dieser kleinen Stadt. Nachdem ich jahrelang nur in der Umgebung von Hügeln, Bäumen, Traktoren und grasenden Kühen gelebt hatte, hatte mir die Stadt, insbesondere unser Bezirk von Fairwater, anfangs überhaupt nicht zugesagt. Hier war alles so lärmend, staubig und gedrängt. Muffiges Grau statt des gewohnten Grüns. Die unendliche Dehnung des Himmels wurde hier von den Dächern mit der widerlichen Verästelung von Fernsehantennen und grauspuckenden Schornsteinen jäh abgebrochen. Aber inzwischen konnte ich mich zurechtfinden. Ich kannte die Straßennamen, und auch die Gesichter, die mir in den Straßen begegneten, wurden mir allmählich vertraut. Trotz der Kühle der Oktoberluft und des gelb werdenden Laubs der Straßenbäume empfand ich in dem städtischen Treiben Wärme.

Vor mir lagen die ruhigsten Monate des Kirchenjahres. Ohne Fastenzeit, ohne die Gottesdienste der Karwoche. Nur die Adventszeit und Weihnachten würden einige Geschäftigkeit verursachen.

An meiner Tür wurde geklopft.

„Der Teufel wird Sie bei Ihrem Begräbnis noch höchstpersönlich aus dem Sarg zerren." Pfarrer Duddleswell sagte das nicht zu mir; er beendete damit seine Unterhaltung über die verschwundenen Schlüssel mit Mrs. Pring.

Strahlend im Gefühl dessen, was er für einen Sieg hielt, wandte er sich mir zu. „Ich habe die Nase gestrichen voll vom Geschwätz dieses Weibes. Wenn sie allein ist, schaut sie wahrscheinlich in den Spiegel, nur um jemanden zu sehen, mit dem sie sich streiten kann."

Er setzte sich, um mir zu erklären, wie sehr er sich darüber freute, daß ich allmählich aufblühte „wie ein Mauerblümchen im Sonnenschein". Damit ich nun meine priesterliche Erfahrung erweitern könne, habe er mir für den folgenden Sonntag eine Taufe zuerteilt.

„Jimmy und Jeannie Dobbs sind die Eltern, Father Neil. Gute, praktizierende Katholiken. Ebenso die Paten. Nichts könnte leichter sein. Und wenn ich Ihnen noch einen ganz wichtigen Tip geben darf, Father Neil ..."

„Ich höre, Herr Pfarrer."

„Lassen Sie Ihre Schlüssel in diesem Haus um Himmel willen niemals offen herumliegen. Hier treibt sich nämlich mit meiner Duldung ein Weibsteufel herum, der sie unverweilt an einem Platz verstecken würde, an dem kein denkender Mensch jemals nach ihnen suchen würde." Er blickte gedankenverloren ins Leere. „Ich Tropf habe noch kürzlich einen neuen Staubsauger für sie gekauft, und zum Dank spielt sie mir einen derartigen Streich." Niedergeschlagen schüttelte er den Kopf. „Aber es hat mir doch gut getan, als ich sie sehen konnte, wie sie fassungslos den Schnabel aufsperrte, weil ich meine Schlüssel dennoch gefunden habe."

Gleich nachdem er gegangen war, hörte ich ihn draußen wieder poltern: „Wollen Sie jetzt endlich aufhören, Weib, hier die Verrückte zu spielen, und stattdessen mal damit beginnen, den Besen über den Fußboden zu schwingen."

Und Mrs. Pring gab zurück: „Wenn Sie nicht zur Seite gehen, Herr Pfarrer, dann fege ich Sie aufs Kehrblech und schütte Sie mit in den Mülleimer."

Ich verstand meinen Auftrag als Zeichen der Anerkennung von Pfarrer Duddleswell und schlug mein Rituale auf, um mich noch einmal mit allem Erforderlichen vertraut zu machen.

„Nichts könnte leichter sein", hatte er gesagt, und damit hatte er eigentlich recht. Aber meine praktische Erfahrung im Taufen war bislang darauf beschränkt geblieben, unter dem wachsamen Auge eines Professors der Moraltheologie einer Puppe Wasser über den Kopf zu schütten.

Kanonikus Flynn hatte uns gelehrt, daß eine Taufe nicht gültig sei, wenn irgend etwas anderes als reines Wasser dazu verwendet werde. Ich erinnerte mich noch, wie er gesagt hatte: „Keine andere Flüssigkeit, die etwa aus Wasser hergestellt ist. Also keinen Tee oder Kaffee, weder Bier noch Limonade."

Es erschien mir eigentlich selbstverständlich, daß Pfarrer Duddleswell solche Flüssigkeiten nicht in sein Taufbecken füllte.

Als der Sonntagnachmittag nahte, versuchte ich mich darauf zu konzentrieren, die Taufformel gleichzeitig zu sprechen, während ich das Wasser über das Köpfchen des Kindes goß. Die Gleichzeitigkeit der Worte und der Handlung war eine wesentliche Voraussetzung zur Gültigkeit der Taufe. Ich wünschte mir, jetzt noch einmal eine Puppe zum Üben zur Verfügung zu haben.

Ich hatte mich entschlossen, die Taufformel abzulesen. Laut Kanonikus Flynn war es ja nur eine Kleinigkeit, statt der lateinischen Beichtformel für *Ich spreche dich los* die Taufformel *Ich taufe dich* zu sagen.

Nach dem Mittagessen sagte Pfarrer Duddleswell zu mir: „Vergessen Sie nicht, alle Einzelheiten einzutragen: die Namen des Kindes, der Eltern und der Paten. Und schreiben Sie vor allem leserlich, Father Neil, damit es nachher nicht so aussieht, als hätte Doktor Daley ein Rezept für Mumps ausgestellt."

Das schien mir noch eine Kleinigkeit gegenüber all den anderen Katastrophen, die mein Gehirn sich ausmalte.

Als es dann endlich soweit war, vollzog die Taufe sich in gelockerter, familiärer Stimmung. Paul John

Dobbs, drei Wochen alt, war blauäugig und ebenso kahl, wie man das von einem neuen Lamm der Herde erwarten konnte. Ich las den wichtigsten Text ab: „Ich taufe dich im Namen des Vaters, des Sohnes und des Heiligen Geistes“, während ich dem Täufling zugleich eine Flüssigkeit über das Köpfchen goß, von der selbst Mephistopheles zugeben müßte, daß es reines, frisches Quellwasser war. Das Baby weinte während der ganzen Zeremonie nicht, weder als ich ihm das Salz der Erde auf die Zunge legte, noch als ich sein Köpfchen mit dem Wasser benetzte.

Anschließend schrieb ich ins Taufregister, leserlich, in großen Buchstaben. Als ich das Buch schloß, hüstelte der Pate, Mr. Pickles, verlegen und drückte mir mit feuchten Fingern eine Pfundnote in die Hand. Ich gratulierte mir im stillen zu der Tatsache, daß alles viel besser verlaufen war, als ich mir das in meinen kühnsten Träumen hätte vorstellen können. Mit erleichtertem Herzen nahm ich daher gern die Einladung zur Tauffeier in der Pimms Road an.

Der Empfang erfolgte in derselben aufgelockerten Stimmung wie die Taufe auch. Es gab Tee, belegte Brote und allerlei Leckereien. Der Täufling lag in seiner Wiege neben der Couch. Als er eine halbe Stunde später erwachte, nahm Mrs. Dobbs, eine robuste ehemalige Lehrerin, ihn auf. Sie tauchte ihre Fingerpitzen in ein viereckiges Glas und begann dann, ihm das Köpfchen zu massieren.

Und damit begannen meine Schwierigkeiten.

Ich bahnte mir einen Weg durch die schwatzenden Gäste und stellte mich neben Mrs. Dobbs. „Was machen Sie da?“ fragte ich so beiläufig wie möglich.

„Ich massiere ihm die Kopfhaut, Herr Kaplan. Das habe ich von meiner Mutter gelernt.“

„Womit?"

„Mit Vaseline. Meine Mutter schwört darauf, daß das die Haarwurzeln stärkt."

Es interessierte mich nicht im geringsten, was Vaseline alles vermochte; mich hatte nur die Furcht vor dem ergriffen, was sie schon angerichtet haben könnte. Vaseline war wasserbeständig. Was wäre wohl, wenn das Taufwasser die Vaselineschicht nicht hatte durchdringen können? Den Kopf des Kindes also gar nicht erreicht hatte? Mit bebender Stimme fragte ich: „Machen Sie das oft, Missis Dobbs?"

„Wenigstens dreimal täglich, Herr Kaplan."

„Auch heute morgen?"

Sie nickte lächelnd. Offenbar fühlte sie sich von meinem Interesse an der Zahl der Kopfmassagen geschmeichelt. Ich stürzte meinen Tee hinunter, schüttelte ohne Hinsehen ein paar greifbare Hände und verließ die Gesellschaft fluchtartig.

„Bitte, besuchen Sie uns bald wieder, Herr Kaplan", rief Mrs. Dobbs noch. Eine Einladung, derentwegen ich ihr noch dankbar sein sollte.

Ich lief die sonntäglich ruhigen Straßen hinunter und kämpfte dabei im Innern mit einem schier unüberwindlichen Problem, Vaseline genannt. Jetzt begann es mir zu dämmern, wie Kanonikus Flynn zu seinem Ruf als Moralist gekommen war. Hatte er uns nicht ausdrücklich vor solchen Müttern gewarnt, die die Köpfe ihrer Babys mit Cremes, Salben und Ölen beschmieren?

„Achten Sie insbesondere auch darauf", hatte er gesagt, „daß das Wasser die Kopfhaut des Täuflings benetzt. Nicht nur das Haar. Das Kopfhaar besteht nämlich aus abgestorbenen Zellen und ist daher nicht unbedingt mit dem lebenden Körper zu identifizieren. Vergewissern Sie sich, daß die Kopfhaut nicht mit einer wasserabstoßenden Schutzschicht überzogen ist, ansonsten" – einer seiner merkwürdigen Scherze, von denen man nie wußte, ob sie als Scherz gemeint waren – „könnte der Täufling davor bewahrt werden, ein Mitglied der christlichen Gemeinde zu werden."

Das Sakrament der Taufe, so überlegte ich, ist ein Symbol des Waschens. Wenn das Wasser nicht *fließen* und den Körper *waschen* kann, dann übt es seine sakramentale Wirkung nicht aus, und demzufolge läutert es die Seele nicht. Gott steht es zu, das mußte ich einräumen, gewisse Grundregeln zur Rettung der Seele festzulegen. Seine Anforderungen sind ja gewiß nicht übertrieben groß, aber für seinen Diener, vor allem nach einer sechsjährigen Studienzeit, spielen sie schließlich doch eine große Rolle. Was nun, falls ich einen Heiden statt eines Christen aus der Taufe entlassen hatte?

Völlig aufgewühlt schwankte ich zwischen Selbstbezichtigungen und Mitleid mit mir selbst hin und her. Meine Mutter hatte mir oftmals gesagt, es sei ein Beweis dafür, daß der Teufel aus einem Kind herausführe, wenn es während der Taufe weine. Weibergeschwätz, hatte ich damals gedacht. Aber jetzt wünschte ich mir nachträglich, Paul hätte bei der Taufe gebrüllt, daß die Wände gewackelt hätten.

Ich konnte mir nicht vorstellen, daß Gott so kleinlich oder grausam sein könnte, einem Kind die Gnade der Taufe zu verweigern, bloß weil eine besorgte Mutter ihm Vaseline auf den Kopf geschmiert hatte. Aber andererseits hatte ich auch von einem Fall gehört, bei dem ein Kind zu Tode gekommen war, als seine Mutter den Kinderwagen zur Kirche schob, um das Kind taufen zu lassen. Soweit mir bekannt war, hatte kein katholischer Theologe sich zu der Ansicht bekannt, die arme kleine Seele könnte in den Himmel aufgenommen worden sein. Nein, man vertrat die Ansicht, das Kind sei in den Limbus gelangt, die Vorhölle, die den schuldlos ungetauft gebliebenen Verstorbenen vorbehalten ist. Warum hatte die Kirche überhaupt die ursprüngliche und sicherste Taufmethode aufgegeben – die des Untertauchens des ganzen Körpers?

„Schön, Sie auch mal an der frischen Luft zu sehen, Father Neil."

Es war Pfarrer Duddleswell auf seinem Nachmittagsspaziergang, den er täglich nach einem Nickerchen zu machen pflegte. Er trug wieder seinen breitkrempigen Künstlerhut. Konnte er die Schuldgefühle ablesen, die mein Gesicht verdüsterten?

„Hoffentlich habe ich Sie nicht beim Meditieren gestört."

Ich schüttelte den Kopf und lief neben ihm her auf das Ufer zu. Kurz darauf lehnten wir uns über die dunkle Kaimauer und blickten auf das rostfarbige Wasser der Themse. Oberhalb, zur Südseite hin, waren die Werften und Kräne zu sehen, und riesige Schornsteine spuckten ihren grauen Rauch in die Luft. Ich lenkte das Gespräch auf die Taufe und überreichte ihm das Geld, das ich von dem Paten erhalten hatte. Etwas davon zurückzubehalten erschien mir angesichts des Vorfalls geradezu sündhaft.

„Na, wie war's am Nachmittag, Father Neil?" Ehe ich antworten konnte, fuhr er fort: „Und haben Sie den Eintrag ins Taufregister auch wirklich fein säuberlich geschrieben?"

Ich konnte ihn beruhigen. Wie unbedeutend erschienen die Sorgen dieses alten Kämpen doch im Vergleich zu den meinen.

„Komische Sache, Herr Pfarrer", begann ich.

„Was meinen Sie?"

„Ich meine die Taufe. Mit ein paar Worten und einem Becher voll Wasser kann man einen Christen machen."

„*Wer nicht aus Wasser und Geist geboren wird, kann nicht in das Reich Gottes eingehen*", antwortete er, die Worte Jesu zu Nikodemus aus dem dritten Kapitel des Johannesevangeliums zitierend. „Alle Kinder unserer Kirche bedürfen der Taufe, ausgenommen die Mutter Gottes, die ja ohne den Makel der Erbsünde empfangen wurde."

Ich wandte ein, daß die Angehörigen anderer christlicher Kirchen in der Handhabung der Sakramente nicht gar so kleinlich seien wie wir Katholiken.

„Die Griechisch-Orthodoxen wohl", beharrte er. „Aber ich stimme Ihnen zu, die Protestanten nicht. Offen gesagt, ich glaube, daß nicht einmal drei Viertel von ihnen an die Erbsünde glauben. Und – Sie werden's kaum glauben – ich habe sagen hören, daß unser anglikanischer Freund, Reverend Percival Probble, zuweilen ein paar Kinder gleichzeitig tauft. Der spritzt sie einfach ein bißchen ein. Mit weniger als einem Katzenlecken. Aber keine Frage, auch sie sind Christen. Vielleicht reicht das Ganze nur für ein paar hundert Tage Ablaß, wer weiß; aber jedenfalls sind sie getaufte Christen. Ja, aus dem Sakrament der Taufe ist in den verschiedenen christlichen Kirchen ein ganz schöner Mischmasch geworden. Bleibt nur zu hoffen, daß Gott selbst sich darin noch zurechtfindet." Er ließ seinen Blick über die Themse schweifen, als sei es der

Styx. „Gott allein weiß, wie viele unschuldige Kinder, die ungetauft sterben, die beseligende Anschauung Gottes entbehren müssen, weil irgendein andersgläubiger Priester nachlässig gehandelt hat."

Das Gespräch war für mich alles andere als tröstlich. „Das Wasser steht heute sehr hoch", lenkte ich deshalb ab.

Unbeirrt fuhr er fort: „Wenn das Wasser den Körper nicht erreicht, wo bleibt dann das Sakrament, Father Neil?"

Ich fühlte mich zu sehr verletzt, als daß ich zu einer Antwort fähig gewesen wäre.

„Wissen Sie", meinte er, hartnäckig beim Thema bleibend, „kürzlich hatte ich einen sonderbaren Fall." Er legte eine kurze Pause ein, weil ein Motorboot knatternd vorbeifuhr. „Kam da so ein spanisches Püppchen von siebzehn Lenzen zu mir, um sich trauen zu lassen. Ich habe zu ihr gesagt: ‚Mein liebes Kind, schreiben Sie Ihrem Pastor, daß er Ihnen die Tauf- und die Kommunionsurkunde schicken soll.' Er schrieb zurück, daß er zwar eine Bestätigung ihrer Kommunion schicken könne, daß aber die Taufregister bei einem Brand den Flammen zum Opfer gefallen seien. Ich habe mich daraufhin mit Bischof O'Reilly ins Benehmen gesetzt, und der sagte: ‚Dann taufen Sie das Mädchen eben noch mal, damit wir ganz sicher gehen.' Nun, der Herr möge mir meine Worte vergeben, Father Neil – ich habe mich gefragt, ob unser Bischof nicht eine arge Krämerseele sei, die besser zu einem Buchhalter als zu einem Bischof paßt. Angsthase habe ich ihn im stillen sogar genannt. Schließlich hatte unsere Señorita ja schon seit Jahren an jedem Sonntag die Kommunion empfangen. Aber was meinen Sie, was dann geschah?"

Wie hätte ich das wissen sollen? Also blickte ich ihn fragend an.

„Ihre eigene Mutter tauchte auf. Als ihre Tochter geboren wurde, so sagte diese Frau mir, hätten ein paar Kommunisten die Gegend unsicher gemacht. Deshalb sei sie zu ängstlich gewesen, das Kind zur Taufe zu bringen, und nachher habe sie es versäumt, teils aus Scham und teils aus Nachlässigkeit."

„Eigentlich also eine verhinderte Taufe", warf ich ein, um das Gespräch zu meinen eigenen Problemen hinzulenken.

Er nickte. „Aber bedenken Sie nur einmal, wie vieler Gnaden und Segnungen sie dadurch in all den Jahren verlustig ging. Vor allem aber: Ihre erste heilige Kommunion war ebenfalls ungültig, da sie ja nicht getauft war."

Noch einmal versuchte ich, das Thema zu wechseln, aber es gelang mir nicht.

„Unser Bischof hatte recht behalten, Father Neil. Hätte ich die Trauung vorgenommen, ohne die Señorita zuvor zu taufen, dann hätte die Ehe vor Gottes Auge nicht bestanden. Sie wäre niemals eine richtige Señora geworden, und ..."

Er schwieg, aber ich fühlte, was er vor Augen hatte: eine große Schar illegitimer spanischer Kinder unter dem traurigen Blick des Allmächtigen.

In den darauffolgenden Tagen beschäftigte mich nichts stärker als die Frage nach dem Zustand, in dem sich Paul John Dobbs' kleine Seele befand. Weshalb nur sind Seelen unsichtbar, so daß man nicht erkennen kann, was eigentlich in ihnen geschieht? Falls mir meine erste Taufe tatsächlich mißlungen war und falls, was Gott verhüten wollte, Paul in Kürze sterben müßte, dann wäre seine Seele für den Limbus bestimmt, ebenso wie die Seele jenes unglückseligen Kindes, das sein Leben auf dem Weg zur Taufe verloren hatte.

Der Limbus, so lehrt es die Kirche, ist ein Ort vollkommenen natürlichen Glücks, aber er ist nicht dem Himmel gleichgestellt, in dem Pauls Eltern sich eines Tages mit ihrem Kind zu vereinen hofften. Für mich war es gewiß kein Trost zu wissen, daß mein Fehler frühestens im Jenseits entdeckt werden könnte.

Die folgenden Nächte waren entsetzlich; ich konnte keinen Schlaf finden. Immer wieder sagte ich mir, daß Paul ein völlig gesunder kleiner Junge sei. Ganz gewiß würde er das Alter von sieben Jahren erreichen, in dem er die Taufe nach eigenem Wunsch wiederholen lassen könne. Kein Limbus also für ihn; er konnte sich noch immer selbst entscheiden, ob er den Weg zum Himmel oder den zur Hölle gehen wollte. Aber auf der anderen Seite würden ihm die Sakramente unserer Kirche vielleicht vorenthalten bleiben, genau wie Pfarrer Duddleswells Señorita. Und da würde kein Bischof sein weises Wort einlegen können, um ihn davor zu bewahren, ein unverheirateter Ehemann und Vater zu werden.

Dann kam die Nacht, die mir die schwerste meines bisherigen Lebens werden sollte.

Gegen ein Uhr nahm ich drei Schlaftabletten und verfiel in einen rastlosen Schlaf. Im Traum erschien mir Paul, ein hübscher, aufrechter Junge, nahezu zwanzig Jahre alt. Da er keine Señorita war, konnte er sich zum Priesterseminar anmelden. Und er wollte Priester werden. Aber das konnte er nicht. Aufgrund meiner Nachlässigkeit war er noch immer ein Heide.

Und dann sah ich ihn, wie er die heilige Messe feierte, wie er die Kommunion spendete, wie er Hunderte von Absolutionen erteilte – samt und sonders ebenfalls ungültig. Ich sah ihn bei Sterbenden, an denen er die Krankensalbung vollzog. Viele dieser armen Menschen, die natürlich glaubten, einen wahren Priester vor sich zu haben, konnten die Vergebung ihrer letzten Sünden nicht erlangen. Überrascht und zerknirscht gelangten sie an die falsche Stelle des Jenseits, von wo aus sie mich mit den gräßlichsten Flüchen bedachten.

Das Komische an der ganzen Sache war, daß Paul nur ein einziges Sakrament in voller Gültigkeit erteilen konnte, nämlich das, vor dem eine Schutzschicht aus Vaseline ihn selbst bewahrt hatte: die Taufe. Selbst Laien können ja die Taufe vollziehen, wenn sie sich an die kirchlichen Vorschriften halten.

Aber damit war mein Traum noch nicht zu Ende. Nachdem Paul zum Priester geweiht worden war, wurde er sogar noch zum Bischof geweiht. Genau wie Bischof O'Reilly sah er nun aus, und er erteilte unermüdlich geistliche Weihen, aber seine Ordinationen waren, ohne daß ein Mensch dies auch nur im entferntesten ahnte, ohne jeglichen Wert. Danach erschienen mir Hunderte von Scheinpriestern, die im Laufe der Jahre Tausende von Scheinsakramenten erteilten, Jahr für Jahr, Jahrhundert für Jahrhundert. In der Diözese, in der Paul gewaltet hatte, entstand eine unermeßliche geistige Leere. Keine Gnade mehr, keine Sakramente, keine christliche Hoffnung. In diesem umnachteten Raum war die katholische Kirche nichts anderes mehr, als es auch die anglikanische Kirche war, deren Weihen Leo XIII. im Jahre 1896 für ungültig erklärt hatte.

Ich erwachte schweißgebadet und mit gräßlichen Kopfschmerzen. Zum Glück war ich aufgewacht, ehe Paul es bis zum Papst gebracht hatte. Es war drei Uhr. In der Gewißheit, daß ich in dieser Nacht keinen Schlaf mehr finden würde, ging ich auf Pantoffeln in die Küche, um mir eine Tasse Tee zu machen. Während ich darauf wartete, daß das Wasser zu sieden begann, glaubte ich das Zuschlagen einer Tür zu hören. Unter normalen Umständen wäre es mir ein leichtes gewesen, das Geräusch zu erkennen, aber der Schädel brummte mir derart, daß ich mir nicht sicher war, überhaupt etwas gehört zu haben.

Ich saß am Tisch und schlürfte meinen Tee, als ich hörte, wie ein Auto sich dem Pfarrhaus in rasender Fahrt näherte. Die Räder quietschten, als es vor der Haustür anhielt. Aus der Vorhalle hörte ich Pfarrer Duddleswells beschwörende Stimme: „Da drinnen." Und gleich darauf stürmten ein paar uniformierte Männer in die Küche. Sie keuchten, brüllten und schnauzten mich an.

Als ich erschrocken aufsprang, griff einer mich am Arm und drehte ihn mir mit einem schmerzenden Ruck auf den Rücken. In einer Reflexbewegung warf ich den Kopf zurück, so daß er hart auf das Gesicht meines Peinigers prallte. Der schrie auf und ließ meinen Arm fahren. Aber meine Befreiung war nur von kurzer Dauer. Einer, der vor mir stand, stieß mir sein Knie in den Magen, und ich brach zusammen.

Es dauerte wahrscheinlich nur wenige Sekunden, bis ich in Mrs. Prings gepolstertem Schaukelstuhl wieder zu mir kam. Meine Augen tränten, mir war speiübel, und das Atmen fiel mir schwer.

Pfarrer Duddleswell goß mir einen Becher kalten

Wassers über den gesenkten Kopf und tätschelte meine Wangen.

„Ich bitte tausendfach um Vergebung, Father Neil", sagte er, „aber das konnte ich nicht ahnen. Woher sollte ich wissen, daß Sie es sind, der wie der Ewige Jude hier im Haus herumgeistert?"

Nur verschwommen gewahrte ich, daß Mrs. Pring, mit Lockenwicklern, nachtcremebeschmiertem Gesicht und in überlangem Nachthemd, sich hinzugestellt hatte. Sie keifte Pfarrer Duddleswell an: „Father Neil ist längst getauft! Da brauchen Sie ihm in meiner Küche doch keinen Topf mit Wasser über den Kopf zu gießen." Sie schob ihn zur Seite und hielt mir ein Riechsalz unter die Nase, das so stark war, daß ich mir Flügel gewünscht hätte, um davonzufliegen.

Allmählich löste sich der Schleier vor meinen Augen. Ich erkannte zwei Polizisten. Der eine legte seinem Kollegen eine kalte Kompresse auf das Auge. Es war blau und geschwollen. Ich hätte Mitleid mit ihm empfunden, wenn ich nicht selbst so sehr mit meiner Übelkeit und den Schmerzen im Unterleib zu kämpfen gehabt hätte.

Ich hörte, wie Pfarrer Duddleswell etwas vor sich hin brummte; er sprach von neuen Staubsaugern und Dieben, die sich hier in der Gegend herumtrieben, auch davon, daß Mrs. Pring die Schlüssel überall liegen lasse und daß sie selbst die Hintertür nur mit einer gekochten Möhre zu verriegeln versuche.

Mrs. Pring machte sich damit zu schaffen, die Stühle und den Tisch wieder zurechtzurücken, und begann dann, auf Pfarrer Duddleswells Bitte, für alle einen starken Tee zu brauen. Mir brachte sie gleich drei Tassen; die Art, wie sie die Tassen in der rechten Hand hielt, war zirkusreif. „Sie werden sich gleich besser fühlen, Father Neil, wenn Sie den im Magen haben."

Wachtmeister Winkworth, der mir fast den Arm abgerissen hätte, öffnete gemächlich den oberen Uniformknopf und zog sein Notizbuch hervor. Als er sich vor mich stellte, trug er keine Mütze mehr. Unter seinem verstrubbelten Haar hatte er ein braungebranntes Gesicht und eine kleine rote Nase. Sein Kopf wirkte wie eine Ananasfrucht, die mit einer Kirsche geschmückt war. Nachdem er Mrs. Pring kurz zugenickt hatte, wandte er sich Pfarrer Duddleswell zu. „Wohl Ihre Gattin, wie ich annehme?"

Pfarrer Duddleswell winkte verärgert ab. „Nein, Herr Wachtmeister, wir wohnen hier nur zusammen." Dann fügte er noch rasch hinzu, daß Mrs. Pring seine Haushälterin sei und daß die Arbeiten, die sie unterhalb des Halses verrichte, zwar ausgezeichnet seien, daß aber der Inhalt ihres Gehirns kaum den einer Tube Zahnpasta übertreffe.

„Ich verstehe, Sir. Darf ich noch um Ihren Namen bitten?"

„Duddleswell, Father Duddleswell."

„Ah, dieses Father, ist das eine Art Spitzname, oder ist das wieder mal irgend so ein Titel, Sir?"

Pfarrer Duddleswell erläuterte dem Beamten, daß man aus der Bezeichnung Father schließen dürfe, er sei der Gemeindepfarrer.

„Und dieser junge Mann dort?" sagte der Polizist, indem er auf mich deutete. „Ich nehme an, er ist so eine Art Lehrling in Ihrem Hause."

„Ich habe leider keine Brille auf der Nase, Herr Wachtmeister, aber soweit ich ihn erkennen kann, ist er der Kaplan unserer Gemeinde."

„Ich darf also wohl davon ausgehen", quälte der

Polizist sich weiter in seiner Befragung, „daß Sie keine Anzeige erstatten wollen?"

Pfarrer Duddleswell betrachtete mich nachdenklich von oben bis unten, wie ich so in Pantoffeln und im Schlafanzug am Tisch kauerte. Offensichtlich quälte ihn die Frage, wessen er mich bezichtigen könne, außer daß ich unglücklicherweise sein Helfer war. „Nein", sagte er dann mit einer großzügigen Gebärde. „Wenn Father Neil so nett ist, den bedauerlichen Vorfall zu vergessen, dann möchte ich mich ihm anschließen."

„Na gut, Sir", erwiderte Wachtmeister Winkworth, „aber das macht die Sache für uns ein wenig kompliziert. Ihre telefonische Anzeige wurde nämlich in der Wache aufgenommen. Die Kollegen haben uns ja schließlich hergeschickt. Aus dem blauen Auge meines Kollegen läßt sich überdies leicht erkennen, daß dieser junge Mann sich der Festnahme widersetzt hat, und das fällt unter den Begriff ‚Widerstand gegen die Staatsgewalt'."

Es dauerte weitere zehn Minuten, meinen Ankläger davon zu überzeugen, daß es eigentlich keinen vernünftigen Grund gegeben habe, einen mit dem Schlürfen seines Tees beschäftigten Kaplan in seiner eigenen Küche zu verhaften, selbst wenn die Polizei dazu durch den Pfarrer höchstpersönlich herbeigerufen worden war.

Endlich sahen die Polizisten das ein und gingen. Gleich darauf begann Mrs. Pring einen Wortwechsel mit Pfarrer Duddleswell, weil er es seinem Kaplan nicht einmal gestatte, sich zur nächtlichen Stunde eine Tasse Tee zu brauen, ohne die Polizei zu alarmieren. „Hüten Sie Ihre Zunge, Weib", drohte er ihr, „damit sie Ihnen nicht ob des fortdauernden Keifens im

Munde quillt wie ein Kürbis, so daß Sie schließlich an Ihrem eigenen Lästern ersticken."

„Und Sie", zahlte sie mit gleicher Münze heim, „sollten lieber erst Ihren Denkapparat einschalten, ehe Sie Ihrer Zunge freien Lauf lassen."

Ich schlich mich, noch immer unter Schmerzen, die Treppe hinauf. Vor allem vom Magen her fühlte ich ein Würgen. Ein Reim ging mir durch den Kopf: *Vergangen ist die Nacht, der neue Tag erwacht.* Sobald ich den Kopf auf das Kissen legte, versank ich in einen traumlosen Schlaf.

Am nächsten Morgen erwachte ich zur üblichen Zeit. Mein Kopf war wieder klar, und ich fühlte neue Lebensgeister. Nur der Stoß in die Magengegend, den der Polizist mir versetzt hatte, verursachte noch Schmerzen. Ich begann, meine Situation zu überdenken.

Vor allem konnte ich nicht frei über alles reden, was mich bedrückte. Es hatte ja auch keinen Zweck, wie Pfarrer Duddleswell hin und wieder sagte, andere mit den eigenen Sorgen zu belasten.

Schließlich konnte ich nicht einfach zu Mr. und Mrs. Dobbs hingehen, um mich bei ihnen zu entschuldigen, daß die Taufe ihres Kindes möglicherweise danebengegangen sei. Sie waren doch selbst bei der Taufe zugegen gewesen. Für die Spitzfindigkeiten der Theologie hätten sie schwerlich Verständnis aufgebracht. Und eine Wiederholung der Taufe konnte ich ihnen auch nicht vorschlagen. Dabei wäre ich mir vorgekommen wie ein Arzt, der seinem aus der Narkose aufwachenden Patienten erklärt, er müsse ihm den Bauch nochmals aufschneiden, weil er bei der Blinddarmoperation leider vergessen habe, den Blinddarm herauszunehmen.

„Father Neil ist längst getauft! Da brauchen Sie ihm in meiner Küche doch keinen Topf mit Wasser über den Kopf zu gießen." Mrs. Prings Worte hallten mir noch in den Ohren. Wenn *ich* aber hier in der Küche wiedergetauft werden könnte, wieso nicht auch Paul John Dobbs? Pfarrer Duddleswell hatte das spanische Mädchen doch auch aus reiner Vorsicht nochmals getauft. Nur einen wesentlichen Unterschied würde es zu diesem Fall geben: Eine neuerliche Taufe des kleinen Paul müßte so heimlich erfolgen, daß seine Eltern davon nicht das geringste mitbekämen.

Beim Frühstück versuchte Pfarrer Duddleswell den „Ulk" der vergangenen Nacht herunterzuspielen, aber Mrs. Pring zügelte seinen Wortschwall. „Father Neil", sagte sie, und was sie sagte, sollte nicht mir gelten, „in der vergangenen Nacht hatte ich den schlimmsten Alptraum meines Lebens. Mir träumte, ich war" – sie drückte ihren Zeigefinger auf Pfarrer Duddleswells Brust – „die Haushälterin von *dem da.*" Dann wandte sie sich um und ging hinaus.

„Wenn sie ihren Schnabel aufmacht", sagte Pfarrer Duddleswell kopfschüttelnd, „dann wünsche ich mir, ich wäre ohne Ohren geboren."

„Ich fürchte, daß das meine Schuld ist, Herr Pfarrer. Schließlich war ich es ja, der den Haushalt hier durcheinandergebracht hat."

Er winkte ab. „Blödsinn", sagte er. „Die freut sich bloß, daß sie mal wieder einen Grund gefunden hat, einen großen Rand zu riskieren. Aber was sollte man von dieser Evastochter auch sonst erwarten können?" Ich versuchte nachsichtig zu lächeln. „Merken Sie sich eines, junger Mann", fuhr er hartnäckig fort. „Wenn

Sie mit einem Frauenzimmer reden, dann haben vernünftige Argumente keine Gültigkeit. Ich habe doch in der letzten Nacht nur das getan, was jeder andere vernünftige Mann auch getan hätte. Das nehmen Sie mir doch wohl nicht übel?"

„Nein", antwortete ich, erleichtert darüber, daß mein Problem im Prinzip gelöst war.

Er drückte mir dankbar den Arm. „Ich bin froh, daß es wenigstens einen vernünftigen Menschen in diesem Haushalt gibt, Father Neil."

Am Donnerstag begab ich mich in Mrs. Prings Küche, einerseits, um mir eine Tasse Tee zu bereiten, andererseits, um mit der Uhr in der Hand zu ermitteln, wie lange es dauerte, bis ein Kessel mit Wasser zum Kochen käme. Aus dem Mülleimer angelte ich mir ein leeres Marmeladenglas mit Schraubdeckel, das ich am Spülstein rasch gründlich säuberte.

Sobald Pfarrer Duddleswell das Haus verlassen hatte, schlich ich mich in sein Zimmer und holte mir den Schlüssel zur Taufkapelle.

In der Kirche fand ich eine Menge Leute, die vor dem Altar beteten. Es dauerte fast eine Stunde, ehe ich das Tor zur Taufkapelle unbeobachtet öffnen konnte. Ich schickte ein Stoßgebet um Vergebung zum Himmel; dann füllte ich mein Marmeladenglas mit Wasser aus dem Taufbecken. Nach dem Mittagessen blieb ich noch bis halb drei in meinem Zimmer, betend und hoffend, daß Mr. Dobbs bei der Arbeit und Paul zur Taufe bereit sein möge.

„Kommen Sie rein, Herr Kaplan", sagte Mrs. Dobbs. „Ich hätte nicht gedacht, daß Sie meiner Einladung schon so bald Folge leisten würden."

Ich war mir im unklaren darüber, ob das nun eine freudige Begrüßung war oder ein Tadel wegen meiner Aufdringlichkeit sein sollte.

Der kleine Paul schlief fest in seiner Wiege, aber zu meiner Enttäuschung sah ich eine Nachbarin im Zimmer. Mrs. Ivy Burns, eine auf den ersten Eindruck zänkisch wirkende Frau, war bei der Tauffeier nicht dabeigewesen. Mit einem Kopftuch hatte sie sich das Haar aufgebunden, und das wirkte, als wolle sie ihrem Mann das Mittagessen darin warm halten. Ich hatte gleich den Eindruck, daß sie eine aussichtsreiche Kandidatin für die Weltmeisterschaft im Dauerschwatzen sein könnte.

Um für meinen Besuch einen Vorwand zu haben, hatte ich für Paul ein Spielzeug gekauft. Ich überreichte es Mrs. Dobbs zusammen mit dem Plastikbeutel des Warenhauses.

Mrs. Dobbs packte es aus und war über das große Feuerwehrauto überrascht. „Ach, das hätten Sie doch nicht tun sollen, Herr Kaplan."

„Isser da nich noch 'n bißchen klein für?" mischte Mrs. Burns sich zwischen zwei Zügen an ihrer selbstgedrehten Zigarette ein.

„Er wird ja auch mal größer", wehrte ich ihren Spott ab.

„Möchten Sie eine Tasse Tee, Herr Kaplan?" fragte Mrs. Dobbs freundlich.

Durch die Anwesenheit von Mrs. Burns mußte ich mein Vorhaben als gescheitert ansehen, und das Feuerwehrauto war eine Fehlinvestition. „Danke, nein. Ich habe gerade Kaffee getrunken."

Im Grunde liegt es mir nicht, unhöflich zu sein, aber ich hatte einen Einfall, wie ich die lästige Nachbarin hinausekeln könnte. Ich brauchte nur den Mund zu halten. Immer wenn eine der beiden Frauen etwas zu mir sagte, antwortete ich nur mit einem Nicken oder einem Kopfschütteln, und dabei schaute ich Mrs. Burns ständig in die Augen. Einer von uns beiden mußte auf der Strecke bleiben. Schließlich war es Mrs. Burns, die aufgab; sie verabschiedete sich. Sofort erwachte ich aus meiner Schweigsamkeit; ich schüttelte ihr herzlich die Hand und gab der Hoffnung auf ein baldiges Wiedersehen Ausdruck. Dann wandte ich mich Pauls Mutter zu.

„Ich glaube, ich möchte doch, Missis Dobbs."

„Möchte *was,* Herr Kaplan?"

„Ich möchte jetzt doch gern eine Tasse Tee mit Ihnen trinken."

„Ja, natürlich", sagte sie. Falls mein komisches Benehmen und mein plötzlicher Teedurst sie überrascht haben sollten, dann zeigte sie das wenigstens nicht. „Ich werde eben das Wasser aufsetzen."

Ich rechnete damit, wenigstens eine Minute lang Zeit zu haben, während sie in der Küche war. Während ich rasch an Pauls Wiege ging, hörte ich seine Mutter in der Küche herumwirtschaften. Gerade hatte ich den Deckel meines Marmeladenglases abgedreht, als Mrs. Dobbs ins Zimmer zurückkehrte. Kaum blieb mir genügend Zeit, das Glas in meine linke Hosentasche zu schieben.

Mrs. Dobbs sah, wie ich mich über ihr schlafendes Kind gebeugt hatte, wobei ich zugleich ein kindisches Tatata und Tititi von mir gab. Sie stellte sich neben mich. „Unser ganzer Stolz, Father", flüsterte sie.

„Dazu haben Sie auch allen Anlaß", erwiderte ich und fühlte zugleich, wie mir das kalte Wasser am Bein hinunterlief.

„Wir sind jetzt gerade ein Jahr verheiratet."

„Ist es Ihr erstes Kind?" fragte ich und war mir der Ungehörigkeit dieser Frage nicht einmal bewußt. Gedankenverloren schüttelte ich mein nasses Bein.

Ganz langsam beugte ich mich über das Baby, und in dieser Haltung schaute ich auf mein Hosenbein hinunter, das allmählich einen naßglänzenden Streifen bekam. Hoffentlich würden meine Wollsocken das Wasser aufsaugen. Unvorstellbar, wenn Mrs. Dobbs ihrem Gatten nach seiner Heimkehr nicht nur erzählen würde, wie ungehörig ich mich gegenüber Mrs. Burns benommen hatte, sondern wenn sie außerdem noch behaupten würde, ich hätte meine kleine Notdurft auf dem Fußboden des Wohnzimmers erledigt.

So standen wir nebeneinander und blickten mit völlig unterschiedlichen Gefühlen auf den kleinen Paul, bis ein Pfeifton aus der Küche andeutete, daß das Teewasser kochte.

„Ich brühe eben den Tee auf, Herr Kaplan. Bin gleich wieder zurück."

„Keine Eile, nehmen Sie sich nur alle Zeit, Missis Dobbs."

„Möchten Sie Plätzchen?"

„O ja, gern."

„Hier steht die Dose, greifen Sie tüchtig zu."

Meine zweite und letzte Gelegenheit. Ich zog das Glas wieder hervor und war froh, daß es noch halb voll war. Als ich mich über Paul beugte, schlug mir der Duft voller Windeln entgegen. Rasch zog ich mein Taschentuch heraus und befreite damit Pauls Kopfhaut von möglicherweise vorhandener Salbe. Danach goß ich den restlichen Inhalt meines Marmeladenglases über das Köpfchen des Kindes.

„*Paule, ego te baptizo ...*" Es gelang mir, die Taufformel zu Ende zu sprechen, aber ehe ich damit fertig war, verkündete der neue Christ durch ein lautes Brüllen, daß der Teufel endgültig aus ihm herausgefahren war. Niemals zuvor hatte ich solch großen Kummer in einem so kleinen Gesichtchen gesehen. Er schrie so entsetzlich, daß seine Mutter, trotz des schweren Tabletts in ihrer Hand, ins Zimmer gestürzt kam.

Meine Haltung ließ mir keine andere Wahl. Die Zeit reichte kaum, ihm die Stirn abzuwischen, das Marmeladenglas unter die Decke zu schieben und ihn auf den Arm zu nehmen. „Tut mir leid, Missis Dobbs", sagte ich, „ich muß ihn wohl wach gemacht haben. Deshalb habe ich ihn aufgenommen."

Angesichts meiner Bemühungen um den Stolz seiner Eltern atmete sie erleichtert auf und lächelte mich bewundernd an. „Warten Sie, Herr Kaplan, ich setze das Tablett ab, dann nehme ich ihn. Vielleicht ist er ein bißchen naß, und ich möchte ja nun nicht gerade, daß er *Sie* noch mit seinem kleinen Wässerchen tauft." Gleich darauf errötete sie und entschuldigte sich, weil sie so unbedacht drauflosgeplappert habe.

Ich gab ihr den noch immer brüllenden Paul. In ihren Armen wechselte sein Schreien in ein klägliches Winseln über.

Im Grunde hatte ich ja nun meine Mission erfüllt. Aber es gab noch immer zwei Probleme. Obwohl das nasse Kopfkissen leicht zu erklären war, mußte ich doch versuchen, das Marmeladenglas unter der Bettdecke zu entfernen. Nur ich oder Mrs. Burns konnten dafür verantwortlich gemacht werden, aber ich konnte mir kaum vorstellen, daß die Nachbarin sich selbst bezichtigen würde.

Zudem mußte ich damit rechnen, daß Mrs. Dobbs früher oder später mein nasses Hosenbein entdecken würde, und so viel Wasser konnte keinesfalls von einem so kleinen Baby in wasserdicht verpackten Windeln stammen.

Diese beiden Aufgaben galt es also gleichzeitig zu lösen. „Da Sie das Baby trösten müssen, werde ich uns den Tee einschenken“, sagte ich.

„Das finde ich nett, Herr Kaplan.“

Ich füllte die Tasse und reichte sie ihr hin, aber so, daß ich sie gerade in dem Augenblick, in dem sie danach griff, über mein Hosenbein kippte. „Mein Gott!“ schrie ich auf und faßte mich an das nasse Hosenbein. Wenigstens war ich so vernünftig gewesen, keine Milch in den Tee zu gießen.

Mein Aufschrei ließ Paul zu einem erneuten Brüllen erwachen. Mrs. Dobbs nahm ihn auf den anderen Arm und sagte, sie wolle rasch in der Küche ein Handtuch holen.

Die wenigen Sekunden, während deren sie in der Küche war, nutzte ich, trotz meines verbrühten Beines, um das Marmeladenglas unter der Bettdecke hervorzuholen und es in meine Rocktasche zu schieben.

Mrs. Dobbs brachte mir ein Geschirrtuch. Ich tupfte mich behutsam ab, bis von meinem klatschnassen Bein wenigsten nichts mehr auf den Boden tropfte.

„Kann ich Ihnen noch irgendwie behilflich sein, Herr Kaplan?“

Ich antwortete, daß ich nicht wüßte, wie sie mir helfen könne. Sie meinte, sie könne einen Arzt anrufen, weil der heiße Tee doch gewiß eine Brandblase auf meinem Bein verursacht habe.

„Halb so schlimm, Missis Dobbs, wirklich. Ich bin nun mal ein richtiger Tolpatsch, und so etwas ist mir schon öfters passiert. Ich glaube auch nicht, daß ich überhaupt eine Brandblase davon abbekommen habe."

Nachdem wir beide den Fußboden noch ein wenig abgewischt hatten, setzten wir uns hin und tranken in Ruhe unseren Tee.

„Noch ein Plätzchen, Herr Kaplan?"

Erleichtert blieb ich noch eine Weile, und ehe ich dann ging, gab ich dem kleinen Paul meinen Segen und tätschelte sein Köpfchen.

„Mein Gott", flüsterte ich später auf der Straße, „wer hätte gedacht, daß es so eine aufregende Sache ist, aus einem Heiden einen Christen zu machen!"

Ein Dieb in der Gemeinde

„Kann ich Sie mal einen Augenblick sprechen, Father Neil?"

Pfarrer Duddleswell sagte das in Gegenwart von Mrs. Pring zu mir, die ihn daraufhin mit gerunzelter Stirn anblickte und mir noch einmal warnend zuzwinkerte, ehe sie das Zimmer verließ.

„Nehmen Sie Platz, lieber Freund." Ich gehorchte. „Eine unglaubliche Verschwenderin, dieses Frauenzimmer", hub er an und deutete auf die Tür, durch die Mrs. Pring soeben hinausgegangen war. „Wenn ich mir eine Kuh anschaffte, dann bekäme die von ihr nur Milch zu saufen."

Ich setzte ein gekünsteltes Lächeln auf, das ihm sagen sollte, daß ich von alledem kein Wort glaubte; aber das erwartete er wohl auch nicht.

„Ich begreife nicht, was sie damals auf den absurden Gedanken gebracht hat, sich bei mir als Haushälterin zu bewerben. Das ist zweifellos der Beruf, der ihr am wenigsten liegt. Ich brachte mal einen Strauß Kunststoffblumen mit nach Hause, den ich ihr übergab. Was soll ich ihnen sagen? Nach drei Tagen waren selbst diese Plastikblumen verwelkt! Und was soll man erst über ihre Kocherei sagen?"

„Mir schmeckt's jedenfalls."

„Ach was, diese Behauptung läßt sich höchstens auf Ihre gute Erziehung zurückführen." Er schaute mich nachsichtig an. „Im vergangenen Jahr habe ich drei

Gläser mit Sülze, die sie eingemacht hatte, an den Bauunternehmer Smith verkauft."

„Wozu?"

„Keine Ahnung, was der damit wollte, Father Neil. Wahrscheinlich hat er das Zeugs unter den Zement gemischt, um ihn damit hart zu kriegen. Für mich war's die Hauptsache, daß er mir einen guten Preis dafür gezahlt hat. Aber egal" – er änderte plötzlich die Tonart –, „im Nähen macht ihr keiner was vor." Er deutete auf die Nähte seiner rechten Jackentasche.

„Großartig", stimmte ich zu, froh, daß er auch einmal etwas Lobendes über Mrs. Pring sagte.

„Tatsächlich, wenn sie einmal zu Nadel und Faden greift, dann ist sie eine wahre Hexenmeisterin." Zufrieden strich er über die Tasche. „Ihr Hirn ist so leer wie eine taube Nuß, aber sie könnte ein Spinnennetz reparieren und einem Vogel Federn annähen, ohne daß man das nachträglich sehen könnte."

Mrs. Pring hatte mir am Tag zuvor noch gesagt, wie ärgerlich sie darüber war, daß Pfarrer Duddleswell seine Kleidung ständig zerriß. „Das ist das letzte Mal, daß ich ihm was angenäht habe, das allerletzte Mal. Meinethalben soll er in Fetzen herumlaufen, wenn er sich nicht in acht nehmen kann."

Ich konnte nicht glauben, daß Pfarrer Duddleswell mich in sein Zimmer gerufen hatte, um mir einen Vortrag über Mrs. Prings handarbeitliche Fähigkeiten zu halten, und das war auch tatsächlich nicht der Anlaß gewesen.

„Father Neil", sagte er, „eigentlich haben Sie im Verhältnis zu Ihrer Arbeit zuwenig, während ich ein bißchen zuviel habe."

Ich schaute ihn fragend an.

„Sehen Sie mich nicht an wie ein Kaninchen die Schlange."

Ich seufzte, weil ich ihn noch immer nicht verstand. Er gab sich einen Ruck und sagte dann: „Sehen Sie, wir beide können hier in der Gemeinde ja nicht die Rollen von Dick und Doof spielen. Hier gibt's nur eine Lösung." Sein Gesichtsausdruck wirkte wie der eines Kirchenvaters. „Sie müssen künftig etwas mehr bekommen und ich etwas weniger. Freizeit meine ich. Das hat mir jedenfalls unsere Haushälterin gesagt. Mit anderen Worten: Sie dürfen ein wenig ausspannen."

Darauf wollte er also hinaus. Etwas Angenehmeres hätte er mir kaum sagen können.

„Ein Mensch bedarf der Ruhe ebenso, wie eine Maschine von Zeit zu Zeit mal abkühlen sollte, Father Neil. Sonst klappen Sie mir eines Tages noch zusammen, und dann müßte ich auf Ihre Hilfe wohl für wesentlich längere Zeit verzichten."

Mrs. Pring hatte ihm erzählt, daß meine Eltern in wenigen Tagen ihre Silberhochzeit feiern würden. Und tags darauf war mein vierundzwanzigster Geburtstag. „Das Auge eines Freundes ist der zuverlässigste Spiegel, sagt man, und ich sehe, daß Sie Urlaub brauchen, Father Neil. Also fahren Sie jetzt in aller Ruhe nach Hause und helfen Sie Ihrer Familie bei der Vorbereitung des Festes."

Große Feiern hatte es bei uns zu Hause eigentlich nie gegeben. Wir lebten froh und zufrieden in Clover Hill, einem kleinen Städtchen in der Grafschaft Hertfortshire, dreißig Meilen nördlich von London. Mein Vater hatte ein Lebensmittelgeschäft. Über seinem Laden stand der Name *Boyds,* und seine Kundschaft schätzte den langen, hageren, schwerhörigen Kaufmann mit dem grauen Schnurrbart, der in seinem Laden von früh bis spätabends hinter der Theke stand.

Solange ich mich erinnern konnte, hatte mein Vater sich nicht verändert. Stets saß er beim Essen seitwärts zum Tisch, und stets behielt er den Hut auf dem Kopf. Am liebsten aß er alles mit dem Löffel; sogar das Fleisch zerteilte er damit.

Er war verschlossen und wortkarg. Manchmal brüllte er seine sechs Kinder zwar an, von denen ich das älteste war, aber er rührte uns niemals an, weder im Zorn noch im Überschwang der Zuneigung. Ich bewunderte ihn. Ja mehr noch, ich liebte diesen schweigsamen, strengen Mann.

Unter seinem braunen Kittel trug er ein paar alte Kordhosen. Im Winter band er sich zusätzlich einen Sack um die Hüfte, und aus seinen Fausthandschuhen ragten die abgearbeiteten Finger mit den ewig gebrochenen Fingernägeln heraus, unter denen noch die Erde der Kartoffeln saß.

Mein Vater hatte niemals Angestellte im Laden. Die Ladentür war zugleich unsere Haustür. Angestellte konnte er sich beim besten Willen nicht leisten; schließlich hatte er acht hungrige Mäuler zu stopfen. Ob es regnete oder ob die Sonne schien, pünktlich um fünf in der Frühe setzte er sich in seinen alten Austin-Lieferwagen und fuhr zum Markt oder zu einem Bauernhof in der Umgebung. Spät in der Nacht hockte er noch im Schuppen, um Erbsen zu schoten. Er hatte eine besondere Spürnase beim Kauf dieser Erbsen und erwarb immer wieder für ein Spottgeld ganze Säcke voll, die sonst niemand haben wollte, weil die Schoten nicht sonderlich vertrauenserweckend aussahen, während die Erbsen im Innern noch gut waren. Nachdem er sie dann in den Abendstunden von den Schoten befreit hatte, verkaufte er die Erbsen am nächsten Tag pfundweise. Der Daumen seiner rechten Hand war, wie ich mich erinnerte, fast immer geschwollen.

Wir waren nicht gerade bettelarm, aber die Sparsamkeit meines Vaters grenzte schon an Geiz. Niemals rauchte oder trank er, und auch den Lieferwagen verwendete er nur geschäftlich. Kinobesuch oder ein Buch zu lesen kamen für ihn nicht in Frage, und das Radio schaltete er nur ein, um die Nachrichten zu hören. Diese Angewohnheit hatte er seit dem Krieg. An den Feiertagen machten wir bei schönem Wetter meistens ein Picknick. Dazu marschierten wir zu einer Parkanlage, die etwa drei Meilen von unserem Haus entfernt war. Als Kleidung für uns kaufte Vater seinen Kunden gebrauchte Kinderkleider ab, die er dann mit Gegenlieferungen verrechnete. Das Toilettenpapier stammte zwar aus seinem Laden, aber es waren nicht etwa Rollen, die er verkaufte, sondern Vater sammelte zu diesem Zweck das Seidenpapier, in dem die Orangen eingewickelt waren.

Am Freitagabend brachte Vater die Bestellungen auf seinem schwarzen Lieferdreirad zu den Kunden. Während der ein oder zwei Stunden, die das dauerte, mußte eines von uns Kindern den Laden beaufsichtigen und vor allem darauf achten, daß niemand etwas anschreiben ließ, der schon allzutief in der Kreide steckte und seine Rechnungen nicht bezahlen konnte.

Mein Vater hatte niemals den Versuch unternommen, uns zu unterrichten, obwohl er selbst noch eine ganze Menge lernte, nachdem er die Schule mit dreizehn Jahren hatte verlassen müssen. Wenn eine Sicherung durchbrannte, ein Reifen platt oder eine Scheibe kaputt war, dann reparierte er das selbst – aber niemand durfte ihm dabei zuschauen. Seine Kinder sollten bessere Schulen besuchen – er nannte uns spöttisch Intellektuelle –, aber im Haus machte er alle Reparaturen. Er war der Chef.

In Wirklichkeit war er das jedoch nie. Alle wichtigen Entscheidungen traf meine Mutter, auch hinsichtlich unserer Schulausbildung. Sie hatte auch entschieden, daß ich das Seminar besuchen sollte. In ihrer ganzen Betriebsamkeit war sie etwas, was mein Professor als „naive Gläubige“ bezeichnete. Und es war ihr naiver Glaube, der mich in den Jahren meines Studiums immer wieder aufrichtete, vor allem in den beiden ersten Jahren. Ich hatte zunächst mit dem Studium der Philosophie begonnen, aber es blieb mir so verschlossen, als handelte es sich um Chinesisch.

Meine Mutter erzählte uns oft aus ihrer eigenen Kindheit. Ihr Vater hatte nur selten Arbeit, und ihre Mutter mußte vom frühen Morgen bis spät in die Nacht in einer Wäscherei arbeiten, für einen Schilling pro Arbeitstag. „Trotzdem waren wir damals irgendwie glücklicher“, sagte meine Mutter dann. „Aber ich will damit nicht sagen, daß ich mir diese Zeiten zurückwünsche.“ Diesen sonderbaren Widerspruch verstand ich nicht, zumal wir uns ja auch recht glücklich fühlten, auch wenn wir kaum teilhatten an den Reichtümern der Welt.

Die Weihnachts- und die Sommerferien verbrachte ich zu Hause. Ein besonders gutes Verhältnis hatte ich zu unseren beiden Jüngsten, meinen beiden Schwestern Meg und Jenny. Als ich zum Priester geweiht war, bat meine Mutter Bob, meinen zwei Jahre jüngeren Bruder, mir sein Zimmer unter dem Dach zu überlassen. Ich brauchte ein ruhiges Zimmer, in dem ich meinen weiteren Studien nachgehen und beten konnte. Nur zum Schlafen kam Bob noch hinauf ins Zimmer, aber statt zu schlafen sprachen wir meistens bis in die frühen Morgenstunden miteinander über vergangene Zeiten, die Gegenwart und unsere Zukunft.

Mutter bat mich, von nun an die Gebete vor und nach den Mahlzeiten zu sprechen. Ein scharfer Blick von ihr genügte, unseren „Chef“ zum Abnehmen seines Hutes zu veranlassen. Dabei sahen wir Kinder dann auch sein schütteres weißes Haar.

Die Silberhochzeit war an einem Sonntag. Der Pfarrer der Gemeinde hatte mir erlaubt, die Messe in seiner Kirche um elf Uhr zu lesen. Für meine Eltern waren vor dem Altar ein Betstuhl und zwei Sessel aufgestellt worden. Beide trugen sie neue Kleidung; Vater hatte einen dreiteiligen Anzug an, und Mutter hatte sich außer mit einem hübschen Kleid mit einem Hut geschmückt.

Als ich mich umwandte, um den Segen zu sprechen, sah ich, daß Vater ein Paar neue Fausthandschuhe trug. Das versetzte mir einen Stich. Dafür, daß Mutters Liebe und beider Fürsorge unser Leben bestimmt hatten, waren diese Handschuhe ein sprechendes Symbol. Wie viele Stunden hatte Vater mit solchen Fäustlingen gearbeitet, unbeirrbar, unermüdlich, in Eis und Schnee? Der Kampf ums Dasein hatte ihn so verbittert, daß er kaum mehr als ein Brummen für uns übrig hatte. Aber hinter der rauhen Schale verbarg er seine väterliche Liebe zu uns. Ich zog ein Taschentuch und putzte mir verlegen die Nase, ehe ich die Fassung wiederfand. Es fiel mir schwer, mich zu beherrschen.

Obwohl ich erschöpft war, als ich nach den Feiern zu Pfarrer Duddleswell und Mrs. Pring zurückkehrte, war ich doch dankbar und überglücklich. Vor allem das Gefühl der engen Familienbindung hatte mir neue Kraft gegeben.

Pfarrer Duddleswell war verzweifelt, als ich ihn am Morgen des darauffolgenden Montags in der Kirche wiedersah.

„Das alles hat gestern mit dem chinesischen Teppich angefangen", erklärte er grimmig und deutete auf den nackten Fußboden vor dem Marienaltar. Lord Mitchin, der reichste Mann aus unserer Gemeinde, hatte den Teppich zusammen mit einer Perserbrücke, die ebenfalls verschwunden war, gestiftet. „Zusammen sind die beiden Dinger dreihundert Pfund wert, Father Neil. Ich weiß beim besten Willen nicht, was ich machen soll."

Er hatte bei der Polizei Anzeige erstatten wollen, aber dort hatte man ihm erklärt, daß man im Augenblick wichtigere Dinge zu tun habe, als alte Teppiche aufzuspüren. Schließlich könne man nicht auch noch Wachtposten vor den Kirchen aufstellen.

Als Pfarrer Duddleswell daraufhin geltend machte, als Bürger habe er Anspruch auf Schutz, schlug der Wachhabende ihm vor, die Kirche außerhalb der Gottesdienste einfach abzuschließen.

„Aber das können wir doch nicht machen, Father Neil!" sagte Pfarrer Duddleswell zu mir. „Die Kirche soll jedem, der beten will, zu jeder Stunde offenstehen. Wie könnte ich das vor Gott verantworten, wenn ich den Gläubigen den Zugang zu seinem Haus verwehrte?"

Der nächste Vorschlag der Polizei lautete, wir sollten alles Bewegliche von Wert aus der Kirche herausnehmen: Teppiche, Statuen, Kerzenständer, Vasen und Bilder.

„Die können sich nicht in das Gemüt eines Katholiken hineindenken, Father Neil", meinte Pfarrer Duddleswell. „Wie sollten unsere Gläubigen ohne alle diese Dinge in die richtige Stimmung zum Beten kommen? Unvorstellbar!" Er weigerte sich, seine schöne Kirche zu einer protestantischen Bethalle zu machen. „Was denken sich diese Schutzleute eigentlich, Father Neil? Sie maßen sich an, König Heinrich den Achten zu vertreten."

Jedenfalls konnte man sich in der Polizeiwache beim besten Willen nicht vorstellen, wer der Dieb sei. Es konnte ebensogut ein Wegelagerer wie eine Bande von Jugendlichen oder ein Berufsverbrecher sein. „Mit anderen Worten", sagte Pfarrer Duddleswell, „sie haben ebensowenig Ahnung, wer unser Dieb sein könnte, wie sie wissen, wer der Frauenmörder Jack the Ripper ist. Wir können also nur darum beten, daß der Dieb, egal, wer er ist, sich ein anderes Betätigungsfeld sucht."

Der unbekannte Dieb hatte es jedoch offenkundig auf unsere Gemeinde abgesehen und schlug an diesem Montag erneut zu. Diesmal verließ er die Kirche mit einem Paar silberner Kerzenleuchter vom Hochaltar.

„Wo soll das noch hinführen?" jammerte Pfarrer Duddleswell, als wir nach dem Mittagessen den Schaden bemerkten. „Der kommt und geht, als ob es sich dabei nur um einen Spaziergang handelte." Er kniete vor dem Kreuz nieder. „Wir wollen ein Gebet für den Dieb sprechen, Father Neil." Und dann murmelte er: „Gegrüßet seist du, Maria, voll der Gnade ... bitte für uns Sünder ... in der Stunde unseres Todes. Amen."

Er war zu Ende, ehe meine Knie den Boden berührten.

Ich bekreuzigte mich, um dadurch meine Bereitschaft zum Beten zu bekunden. „Was jetzt, Herr Pfarrer?“ fragte ich.

„Ohne Zweifel wird er sich als nächstes die Opferstöcke vorknöpfen“, erwiderte er.

Auch diese Prophezeiung sollte sich erfüllen, am selben Abend noch. Neben der Eingangstür der Kirche hingen einige Opferstöcke, in die die Gläubigen ihr Scherflein warfen: für die Armen, für die armen Seelen, für die katholische Presse, für Kerzen, für den Peterspfennig und für die Heidenmission. Der Dieb bewies, daß er sich von alledem angezogen fühlte. „Er hat bei allen den Deckel aufgebrochen“, keuchte Pfarrer Duddleswell, und ich konnte ihm ansehen, daß er vor Wut zitterte.

Nachdem ich sämtliche Schlösser und die Deckel überprüft hatte, äußerte ich die Vermutung, der Dieb habe sich eines Schraubenziehers bedient.

Pfarrer Duddleswell brummte: „Wir haben es offenbar mit einem regelrechten Ketzer zu tun. Stimmt's, Father Neil? Mit einem Ungläubigen, dem nichts heilig ist. Nicht nur, daß er die Armen und den Heiligen Vater beraubt. Er bestiehlt sogar die Seelen der Verstorbenen! Und das macht die Sache erst richtig schlimm.“

Ich fragte, wie er das meine.

„Wenn der Dieb fünf Schilling aus dem Opferstock für die armen Seelen gestohlen hat“, erklärte er, „dann ist das der Betrag, der für eine Messe gemünzt war, mit der die armen Seelen aus dem Fegefeuer erlöst werden sollen.“

Ich nickte. Der Dieb war sich offensichtlich der

Tragweite seines Raubes nicht bewußt. „Ich werde morgen ein zusätzliches Requiem lesen, Herr Pfarrer“, sagte ich.

„Gut, Father Neil. Sie wissen, worauf es ankommt. Ich würde das liebend gern ebenfalls tun, aber ich habe bereits Janet Murphy zugesagt, morgen für ihre Katze die Messe zu lesen. Die Katze wird operiert. Und Janet ist sehr besorgt, weil die Katze ... na, sagen wir mal, ihre einzige noch lebende Angehörige ist. Sie würde sich unendlich einsam fühlen.“

Obwohl ich sein Verhalten nicht billigte, sagte ich dennoch, ich könne ihn verstehen. Natürlich dürfe er Mrs. Murphy und die Katze nicht enttäuschen.

Am anderen Morgen ließen wir den Schlosser kommen. Für drei Pfund reparierte er die Opferstöcke und brachte zusätzlich besonders starke Schlösser an. „Das ist das Äußerste, was ich machen kann, Hochwürden“, sagte er, und damit deutete er durch die Blume an, daß das Äußerste wahrscheinlich auch keinen sicheren Schutz bieten würde.

Und so war es dann auch. Noch am Dienstagabend brach der Dieb die Opferstöcke erneut auf, ohne dabei die besonders starken Schlösser überhaupt zu berühren. Diesmal hatte er auch noch das Schloß zur Sakristei aufgebrochen, aus der er die kleinen silbernen Ampullen mitgehen ließ, in denen das Öl für die Krankensalbung aufbewahrt wurde.

Pfarrer Duddleswell war außer sich. Zum einen mußte er jetzt weitere drei Pfund aufwenden, um die Ampullen zu ersetzen, zum anderen mußte er auch noch zur Kathedrale fahren, um sie erneut füllen zu lassen. „Beten Sie zur Mutter Gottes“, bat er mich, „daß es keinem in unserer Gemeinde einfällt zu sterben, ehe ich neues Krankenöl besorgt habe.“

Ich versprach, mein möglichstes zu tun. Doch Pfarrer Duddleswell hatte seine Fassung noch nicht völlig wiedererlangt.

„Der Herr möge mir vergeben, Father Neil", sagte er, „aber dieser Dieb ist mir ein Dorn im Auge. Er läßt mich alle guten Vorsätze vergessen, denn er macht aus unserer Gemeinde ein chaotisches Durcheinander." Dann meinte er, wir müßten nun abwechselnd Wachen aufstellen, um alles im Auge zu behalten, „wie wir's auch im Krieg gemacht haben". Am nächsten Sonntag könnten wir die Gemeindemitglieder zur freiwilligen Wache aufrufen; aber bis dahin müßten wir die Sache wohl selbst übernehmen.

„Nur Sie und ich?" fragte ich, denn ich bezweifelte, ob ich eine mehrstündige Wache täglich durchhalten würde. Und bis zum nächsten Sonntag waren es noch vier volle Tage.

„Missis Pring wird uns dabei gern unterstützen, dessen bin ich sicher", antwortete er. „Ihre Nase riecht mehr als die eines Polizeihundes, und sie hat mehr Augen im Kopf, als ein Fischer Maschen im Netz hat. Und außerdem", fügte er besonders laut hinzu, „setzt die sich viel lieber mit dem Hintern auf eine Bank, als daß sie in meinem Haus für Sauberkeit sorgt."

Im Hausflur gab Mrs. Pring ein Klagelied von sich, das mich an ein Gedicht von den Heinzelmännchen erinnerte: „Ich putze und nähe, ich pflanze und säe, ich brate und koche Woche für Woche."

Pfarrer Duddleswell brummte: „Offenbar hat sie irgendwo einen Frosch quaken hören, und jetzt fühlt sie sich zu dichterischen Ausbrüchen inspiriert."

Nachdem Mrs. Pring ihr Klagelied einige Male wiederholt hatte, begann sie zu zetern: „Ich komme mir vor wie ein Esel, dem man gedankenlos jede Last aufbürden kann."

„Hören Sie's, Father Neil?" raunte der Pfarrer mir zu. „Wie mag sie zu dieser Selbsterkenntnis gekommen sein?"

Kaum war Pfarrer Duddleswells Plan in die Tat umgesetzt, als mir auch schon die Sinnlosigkeit unseres Unterfangens klar wurde. Aus Sicherheitsgründen hielt Pfarrer Duddleswell die Tür von der Sakristei zur Kirche verschlossen und verriegelt. Sofern ein Wachtposten diese Tür öffnen würde, blieben dem Dieb gut dreißig Sekunden Zeit, sich aus dem Staub zu machen. Wenn der Wachtposten sich dagegen auf eine Bank setzte, würde der Dieb ja sofort feststellen, daß er gesehen worden war. Außerdem paßte es mir nicht, als Aufpasser in der Kirche herumzulungern, wenn andere Menschen sich darin dem Gebet hingaben. Das konnte bei den Betenden Unwillen hervorrufen.

Am Mittwochvormittag machte ich den Versuch, mich im Dunkel des Beichtstuhls zu verstecken. Doch Mrs. Betty Ryder, die Vorsitzende unserer Jungfrauenkongregation, erspähte mich und nahm die Gelegenheit sofort wahr, um mir in einer ausführlichen Beichte ihr Herz auszuschütten. Nachdem ich das eine dreiviertel Stunde lang über mich hatte ergehen lassen, zog ich es vor, meinen Posten in einer der hinteren Bänke zu beziehen. Ich wollte mich auf meine Ohren verlassen, wenn irgend etwas Ungewöhnliches geschehen sollte.

Nach dem Mittagessen zog Pfarrer Duddleswell sich zu seinem üblichen Nickerchen zurück und bat mich, die Wache in der Kirche zu übernehmen. Dabei muß ich dann ebenfalls eingenickt sein, denn als er um halb vier kam, um mich abzulösen, war nicht nur der Opferstock für die Armen ausgeraubt, sondern auch alle Kerzenleuchter waren verschwunden.

„Der Kerl scheint's ja sehr nötig zu haben", stieß Pfarrer Duddleswell stöhnend hervor, während er den Verlust überschlug. „Aber was zum Teufel ist denn mit Ihnen los, Father Neil? Sind Sie plötzlich blind und taub geworden?"

Ich stammelte eine Entschuldigung. Der Dieb war mir zum Greifen nahe gewesen, und ich hatte ihn laufen lassen.

„Na ja, vergessen Sie's, junger Freund", sagte er beschwichtigend. „Ich mag nicht, daß Sie mit einem Gesicht wie drei Tage Regenwetter herumlaufen."

Er kratzte sich an der Schläfe und sagte, es sei wohl unwahrscheinlich, daß der Dieb an diesem Tag noch einmal zurückkäme. Aber darin täuschte er sich. Ehe wir zu Abend aßen, wurden auch die übrigen Opferstöcke noch geplündert.

„Father Neil, wenn der Köder teurer wird als der Fisch, dann sollte man das Angeln aufgeben." Und danach verkündete er, er werde die Opferstöcke nicht noch einmal reparieren lassen.

Ich beschloß, mein unbeabsichtigtes Nickerchen wiedergutzumachen. Nach dem Abendessen stattete ich Archie Lee einen Besuch ab.

„Tut mir leid, Herr Kaplan, aber Peregrine ist nicht hier. Er ist nach Bedford gefahren, um seine alte Tante zu besuchen. Sie ist nämlich krank." Kaum hatte er das gesagt, da fürchtete er offenbar, daß ich seinen Worten nicht glaubte, und deshalb erklärte er mir, dies sei die übliche Erklärung, wenn Perry beim

Pferderennen sei. Perrys Wettleidenschaft war der eigentliche Grund dafür, daß er ständig pleite war. Er behielt nur immer eine Fünfpfundnote, die er um zurechtgeschnittenes Zeitungspapier wickelte, um so den Eindruck zu erwecken, gut bei Kasse zu sein. „Manchmal", jammerte Archie, „geht der Kerl zum Rennen und läßt mich die ganze Arbeit allein machen."

Ich erklärte Archie, daß ich mich mit ihm selbst einmal unterhalten wolle.

„Ach so. Kann ich dabei was verdienen, Herr Kaplan?" fragte Archie gespannt.

Ich legte ihm dar, was in der Kirche geschehen war und daß ich hoffte, er könne mir dabei helfen, den Langfinger zu erwischen.

Er grinste. „Kein Problem, Herr Kaplan."

„Also Sie und Peregrine waren's nicht?" Archie zeigte sich über die Unterstellung empört, zumal er sich doch schon bei zahllosen Gelegenheiten als absolut zuverlässig und ehrlich erwiesen habe. „Aber", sagte ich, nachdem ich mich der Verdächtigung wegen entschuldigt hatte, „Sie sagten doch, das sei kein Problem."

„Richtig", bestätigte Archie. „Ich wundere mich bloß, daß die Polizei Ihnen keinen Tip geben konnte." Und dann erklärte er mir, jeder Dieb sei gewissermaßen ein Handwerker, der sein eigenes Markenzeichen hinterlasse. „Die Spuren", sagte er, „sind in diesem Fall klar wie eine Unterschrift, obwohl der Kerl, der das gemacht hat, nicht mal seinen Namen schreiben kann."

„Sagen Sie mir, wer es ist, Archie."

„Ich könnt's", sagte Archie, während er nachdenklich den Kopf wiegte, „ich könnt's aber auch nicht."

„Ich kann Ihnen diesmal nicht viel Geld geben, Archie. Ich hatte selbst ziemlich viele Ausgaben in der letzten Zeit."

„Es geht mir nicht um den Zaster, Herr Kaplan. Ich möchte bloß nicht einen alten Kumpel von mir hereinlegen."

Ich erwiderte, ich hätte großen Respekt vor seinem Ehrgefühl.

„Schon gut", gab Archie geschmeichelt zurück. „Also gut, der Kerl ist einer von uns."

„Also ein Zunftgenosse?"

„Wie man's nimmt", sagte Archie mit einem leichten Vorwurf in der Stimme. „Ich meine, er ist Katholik, genauso wie Sie und ich."

„Das macht die Sache um so schlimmer."

„Nee, das macht's besser – für ihn jedenfalls", sagte Archie. „Er kennt sich in der Kirche aus, er weiß, wo das ganze Zeugs ist und auch, wann er sich am besten etwas holen kann."

Als ich ihm dann erklärte, daß wir den Dieb nicht der Polizei übergeben wollten, atmete Archie sichtlich erleichtert auf. Ich sagte auch, daß Pfarrer Duddleswell den Dieb, wenn er höre, daß dieser ein Katholik sei, sich selbst vorknöpfen werde, um ihm ins Gewissen zu reden und ihn zu bekehren.

„Das würde ihm bestimmt nicht gelingen, Herr Kaplan."

„Nun gut, aber wir könnten ihn wenigstens so weit bringen, daß er damit aufhört."

„Selbst das dürfte eine unlösbare Aufgabe sein", meinte Archie. „Dieser Typ hat's schon seit seinem sechsten Lebensjahr auf die Kirchen abgesehen." Er hatte bereits in der Sonntagsschule damit angefangen. Nach dem Gottesdienst hatte er die Opferstöcke geplündert, und damit hatte er seitdem seinen Lebensunterhalt bestritten. „Er ist von der einen Kirche zur anderen gegangen, wissen Sie?“ Ich nickte. „Er ist eigentlich kein übler Typ, er meint’s nicht böse. Aber woher sollte er sonst das Geld zum Essen nehmen? Können Sie mir das sagen?“

„Wenn das regelmäßig geschieht, müßten wir die Kirche schließen.“

„Ist das denn so schlimm?“

„Wenn ich Ihnen verspreche, Archie, daß wir keine Anzeige erstatten und daß wir auch nicht verraten werden, wer ihn verpetzt hat, würden Sie mir dann seinen Namen nennen?“ Ich war in diesem Augenblick so aufgeregt wie ein Spürhund auf der Fährte. Diesmal sollte das Wild mir nicht mehr entkommen. Archie zögerte noch. „Ich gebe Ihnen mein Wort, Archie, daß ihm nichts passieren wird. Wir werden sogar alles daransetzen, daß er nochmals eine Chance zu einem besseren Leben bekommt.“ Dann fügte ich noch hinzu: „Genauso wie Sie.“

„Ach ja“, seufzte Archie. „Wenn er nicht schlimmer wäre als Perry und ich. Aber man hat ihm ja nie eine Chance gegeben. Und dabei ist er sonst wirklich ein netter Kerl.“

„Nun gut, dann hat er noch einmal die Gelegenheit. Aber es ist wirklich seine letzte Chance.“

„Es ist Bud Norton“, platzte Archie heraus.

„Und wo wohnt er?“

„Nirgends. Oder besser gesagt: Er wohnt überall, aber nicht irgendwo.“

„Keine feste Bleibe?“

„Das hab’ ich doch gerade gesagt. Er ist ebenso leicht zu finden wie ein Schmetterling, den man gestern auf irgendeiner Blume gesehen hat.“

Ich überlegte mir gerade, ob uns denn wirklich kein anderer Weg bliebe, als Archie auf frischer Tat zu ertappen. Da fragte mich Archie, ob Bud denn noch etwas anderes als Geld gestohlen habe.

„Ja, die silbernen Ampullen mit dem Krankenöl."

„Verdammt", meinte Archie. „Dann müssen Sie ihn wohl schon zu fassen kriegen, ehe er auch noch den Tabernakel ausplündert. Und sonst noch was?" Ich erzählte ihm den Rest. Archie runzelte die Stirn. „Wollen Sie wissen, wo der Kram steckt?"

Ich konnte mein Glück kaum fassen. „Wollen Sie mir etwa sagen, daß Sie wissen, wo Bud Norton die gestohlenen Sachen aufbewahrt?"

„Nirgends. Der bewahrt nichts auf. Er bringt sie zu einem Laden in der Larkin Street, zu Pedlow." Die Larkin Street war eine Seitenstraße der King's Road in Chelsea. „Pedlow kauft Bud alles für 'n Appel und 'n Ei ab. Ein richtiger Gauner ist das, und dabei tut er so vornehm und edel wie ein Lord auf dem Scheißhaus."

„Ich werd' der Sache nachgehen, Archie", sagte ich und kratzte mich nachdenklich an den Schläfen. „Sie können sich darauf verlassen, daß Ihr Name mir nicht über die Lippen kommt."

Am nächsten Morgen nach dem Frühstück, als Mrs. Pring die Wache übernommen hatte, stieg ich in den Bus zur King's Road. Die Larkin Street war eine schmale Gasse mit dunklen Schatten. Der einzige Laden darin trug ein großes Schild mit der Aufschrift: *Pedlow and Son – Möbel und Antiquitäten – Gegr. 1881.*

Ganz vorn im Schaufenster standen unsere beiden Kerzenleuchter. Ein Schild daneben meldete: *Kostba-*

res Silber, 35 Pfund. Die Teppiche waren nirgends zu sehen.

Als ich den Laden betrat, zitterte ich vor Aufregung am ganzen Körper. Kein Zeichen von einem Verkäufer. Was sollte ich machen, wenn dies eine richtige Räuberhöhle wäre und sie mich zusammenschlügen?

Ich raffte meinen ganzen Mut zusammen und schickte ein Stoßgebet zum Himmel. Nach ein paar Sekunden, die mir wie Stunden vorkamen, schlurfte ein bleicher Mann, etwa eins sechzig groß, auf Pantoffeln herein. Mit seiner ungerahmten Brille wirkte er wie ein Uhu. Der blasse Eindruck seines Gesichts wurde noch verstärkt durch die schwarze Jacke und die ebenfalls schwarze Krawatte.

Als er meine Priesterkleidung sah, verzog sich sein Gesicht zu einem breiten Grinsen. „James Pedlow, zu Diensten, Sir."

„Ich komme wegen der Kerzenleuchter im Schaufenster."

„Dann verfügen Sie über einen hervorragenden Geschmack, Sir, und Sie haben wohl auch eine Spürnase für günstige Gelegenheiten, wenn ich das so sagen darf." Er betonte die wichtigsten Wörter wie ein Schmierenkomödiant. „Es gibt in ganz London keinen einzigen Laden, in dem Sie ein solches Paar silberner Kerzenleuchter für nur fünfunddreißig Pfund bekommen könnten."

„Ich bin nicht gekommen, um sie zu kaufen. Ich fordere sie zurück", sagte ich kühl.

„Ach bitte, ich habe wohl nicht recht verstanden, Sir", antwortete Pedlow und machte einen Schritt nach hinten.

Ich erklärte ihm, ich sei gekommen, die Leuchter zu holen, weil sie aus unserer Kirche gestohlen seien.

Mit einem Schlag änderte er die Pose. „Sie wollen sich wohl einen Scherz mit mir erlauben, wie?"

„Scherz?"

„Was sind Sie denn? Vielleicht ein Detektiv?"

„Sehe ich etwa so aus?"

Er musterte mich über seine Brille hinweg, von oben bis unten und wieder hinauf. „Um die Wahrheit zu sagen, Sie *sehen* so aus. Ist das wirklich Ihre Dienstkleidung, oder haben Sie den Anzug von einem Kostümverleih?"

Ich fingerte nervös an meiner Kleidung herum und sagte verwirrt, dies sei meine Priesterkleidung.

„Dann sind Sie ein Schwindler", stellte er nüchtern fest.

Der Kerl mußte wohl übergeschnappt sein. „Ich bin katholischer Priester, Mister Pedlow", sagte ich und fügte noch hinzu: „Ich bin kein Detektiv."

Daraufhin wollte er meinen Personalausweis sehen, aber ich hatte nichts Derartiges bei mir.

„Haben Sie vielleicht eine Visitenkarte oder so etwas?"

„Nein, ich bin noch nicht sehr lange hier, und ich habe mir noch keine drucken lassen."

„Führerschein?"

„Ich benutze ein Fahrrad."

„Scheckbuch?"

„Ich verfüge nicht über ein Bankkonto."

Dies letzte schien ihm zu beweisen, daß ich katholischer Priester sein müsse. „Nun, Sir", sagte er und gab sich einen Ruck, „sei dem, wie ihm wolle. Aber damit haben Sie noch lange kein Recht, diese Kerzenleuchter von mir ohne Bezahlung zu fordern. Ich habe sie guten Glaubens von einem vertrauenswürdig aussehenden Herrn erworben."

Jetzt hatte ich Oberwasser. „Das haben Sie nicht getan", schnauzte ich ihn an. „Sie haben die Leuchter nämlich von Bud Norton gekauft."

Er zuckte zusammen wie ein vom Lehrer beim Abschreiben erwischter Schüler. „Das war das erstemal in meinem Leben, daß ich etwas von Bud gekauft habe."

„Reden Sie kein Blech", gab ich zurück. „Ich weiß viel mehr, als Sie glauben." Jetzt spielte ich tatsächlich die Rolle eines Detektivs, wie ich sie einmal in einem amerikanischen Kriminalfall gesehen hatte.

„Die Suppe muß mir einer von meinen Feinden eingebrockt haben", stöhnte er.

„Es spielt hier keine Rolle, von wem ich es weiß. Es genügt wohl, *daß* ich es weiß", herrschte ich ihn an. „Und jetzt fordere ich meine Kerzenleuchter zurück, sonst zeige ich Sie wegen Diebstahls an."

„Diebstahl!" rief Pedlow empört aus, und er zitterte bei diesem Wort. „Diebstahl! Ich habe in meinem ganzen Leben noch nie gestohlen."

„Der Hehler ist so schlimm wie der Stehler, und wenn Sie einen Gegenstand kaufen, von dem Sie wissen, daß er gestohlen wurde, dann werden Sie ebenso bestraft wie der Dieb selbst."

Pedlow schien den Eindruck zu haben, daß ich ihm etwas aus dem Strafgesetzbuch zitiert hätte. „Aber *wie* können Sie mir denn beweisen, daß sie Ihnen tatsächlich gehören?" fragte er, diesmal schon deutlich kleinlauter.

Jetzt konnte ich meinen Trumpf ausspielen. „Hier", sagte ich und zog ein Foto aus der Tasche, „hier sehen Sie eine Aufnahme, auf der ich vor dem Hochaltar stehe, von wo Bud Norton die Leuchter gestohlen hat. Erkennen Sie die Leuchter auf dem Bild?"

Er verschwendete keinen Blick darauf, das Bild zu betrachten. „Sie gehören Ihnen", sagte er zerknirscht.

Das Foto hatte denselben Effekt, wie wenn ich ihm eine Pistole auf die Brust gesetzt hätte. „Soll ich jetzt die Polizei rufen?" Ich fühlte mich noch immer in der Rolle des Detektivs aus dem Kriminalfilm.

„Aber wieso denn?" fragte er mit heiserer Stimme. „Ich habe Ihnen doch gesagt, daß sie Ihnen gehören, Sir."

„Die Teppiche, die will ich ebenfalls zurückhaben."

„Was für Teppiche denn, Sir?"

„Ein chinesischer und ein Perser."

„Folgen Sie mir", sagte er geschlagen.

Ich folgte ihm in den hinteren Raum, wo ich einen hohen Stapel von Teppichen durchwühlte, aus dem ich schließlich die beiden aus unserer Kirche hervorzog. „So, und jetzt", sagte ich grimmig, „wo sind die Kerzen?"

„Ich handle doch nicht mit Kerzen?"

Ich überlegte kurz, was noch fehlte. „Reden wir nicht über die Kerzen." Darin konnte ich jetzt wirklich großzügig sein. „Aber wo sind die Ampullen mit dem Krankenöl?"

Er wußte genau, was ich meinte, und schlurfte an einen Schrank, aus dem er die geforderten Behälter herausnahm. Jetzt plagte mich die Neugier, und deshalb fragte ich ihn: „Was in aller Welt hätte denn jemand *damit* anfangen können?"

„Ich hätte sie als Behälter für Schnupftabak verkauft", bekannte er freimütig.

Ich schleppte die gestohlenen Sachen zur King's Road, wo ich ein Taxi anhielt. Ein glücklicher Zufall fügte es, daß der Taxifahrer sich meiner erinnerte, weil er mich einmal unter weniger glücklichen Umständen samt meinem Fahrrad nach Hause gebracht hatte. Er musterte mich grinsend, wie ich da mit meiner neuerlichen Fracht stand, und sagte: „Sie brauchen mir nicht zu sagen, wo Sie hinwollen. Zur Kirche Sankt Judas, stimmt's?"

Als Pfarrer Duddleswell mich mit meinem kostbaren Gepäck erblickte, hob er die Augen gen Himmel und stimmte das Magnificat an. Dann wandte er sich mir zu und sagte in etwas weltlicherem Ton: „Sie haben den Kerl also aufspüren können, Father Neil?"

„Es ist immer ganz nützlich, Kontakte zur Unterwelt zu unterhalten, Herr Pfarrer." Daraufhin erzählte ich ihm die ganze Geschichte, die ich an manchen Stellen noch ein bißchen dramatischer gestaltete, als sie sich in Wirklichkeit abgespielt hatte, aber ich nannte ihm nicht den Namen des Diebes. „Das ist Berufsgeheimnis", sagte ich.

„Könnten Sie mir denn nicht wenigstens die Anfangsbuchstaben nennen?"

Ich schüttelte den Kopf.

Er drang nicht weiter in mich, sondern drückte mir die Hand. „Ein Palmenzweig über Ihrem Haupte, mein Sohn. Hervorragend gemacht."

Nachdem er gehört hatte, daß der Dieb ebenfalls katholisch war, regte sich in Pfarrer Duddleswell ein Gefühl der Verantwortlichkeit für ihn. Würde er ihn jetzt vor Gericht bringen, dann würde dadurch zugleich auch der Name unserer Kirche in Mitleidenschaft gezogen werden.

„Soll ich die Teppiche und die Leuchter wieder in die Kirche bringen, Herr Pfarrer?" fragte ich. Es schien mir ein einleuchtender Gedanke zu sein, daß der Dieb erkennen müßte, daß wir ihm auf der Spur waren, wenn er sie dort wiederentdeckte. Wahrscheinlich würde er uns dann nicht mehr behelligen.

Aber Pfarrer Duddleswell war anderer Meinung. Möglicherweise wäre der Dieb auch imstande, sie noch einmal zu stehlen, um sie seinem Hehler zurückzubringen. Der Pfarrer hatte eben seine eigene Methode, mit Leuten abzurechnen, die gegen die zehn Gebote verstießen. „Ich habe die Nase von dieser ganzen Sache endgültig voll", sagte er. „Gehen Sie mit mir, Father Neil, dann werde ich Ihnen etwas zeigen, was meiner Aufmerksamkeit bisher entgangen war."

In der Kirche hielt Mrs. Pring die Wache. Er schickte sie vor die Kirchentür, damit der Dieb nicht in Versuchung käme, die Kirche zu betreten. Dann stieg er mir voraus auf die Orgelempore.

„Nun, Father Neil, wir sind nicht auf den Gedanken gekommen, das Kircheninnere von hier oben aus zu überwachen, nicht wahr?"

Die Orgelempore überdeckte den hinteren Teil des Kirchenschiffs.

„Aber das hat doch keinen Sinn", sagte ich nach einem kurzen Blick über die Balustrade. „Von hier aus können wir doch die Opferstöcke nicht überwachen."

Pfarrer Duddleswell zog mich nach hinten. „Schauen Sie mal hier hinunter." In den Bodenbrettern war ein daumengroßes Loch. „Von hier aus", sagte er, „können wir sehen, ohne gesehen zu werden."

Ich wandte ein, der Dieb sei gewiß schon über alle Berge, ehe wir nur die Treppen hinuntergestiegen wären.

„Da haben Sie natürlich recht, Father Neil. Aber da er selber ja auch Katholik ist, wollen wir ihn doch überhaupt nicht fangen. Wir wollen ihn ja nur bekehren." Und mit erhobener Stimme fuhr er fort: „Und das werden wir so anstellen, daß weder wir ihn berühren noch er uns überhaupt sieht."

Er umriß mir seinen Plan. Einer aus unserer Gemeinde, Paul J. Bentley, arbeitete bei der BBC. Pfarrer Duddleswell hatte vor, eine Botschaft auf Tonband zu sprechen. Sobald der Dieb wieder erschiene, würden wir diese Botschaft von einem Versteck in der Orgelempore aus ganz laut durch die Kirche erschallen lassen.

Innerhalb von vierundzwanzig Stunden hatten wir die Tondbandaufnahme in Händen. Im Arbeitszimmer von Pfarrer Duddleswell klang sie geradezu grausig. Ein Tonmeister der BBC hatte noch einen unheimlichen Echo-Effekt hinzugefügt.

Pfarrer Duddleswell sollte das Bandgerät ständig eingeschaltet lassen, wobei die Pausentaste eingedrückt war. Sobald Bud Norton aufkreuzte, sollte ich ein Zeichen geben, und dann würde er die Pausentaste lösen, so daß Bud seine „göttliche Botschaft" zu hören bekäme.

Am nächsten Morgen gegen elf – wir hielten schon seit über einer Stunde Wache – erschien ein älterer, kahlköpfiger Mann in schwarzem Mantel. Er kniete nieder und betete etwa fünf Minuten lang. Ich hatte schon genug Erfahrung gesammelt, um mich nicht von einem frommen Gebaren täuschen zu lassen. Als er sich erhob und sich gewissenhaft umschaute, ob niemand ihm zusah, und danach zum Opferstock für die Armen ging, gab ich Pfarrer Duddleswell das verabredete Zeichen. Das Tonbandgerät donnerte in voller Lautstärke durch die Kirche:

„Ein Dieb der nicht bereut, wird verdammt sein in alle Ewigkeit ... Ewigkeit ... Ewigkeit ...“

Das Echo der Kirchenwände verstärkte die gespenstische Botschaft zu einem Donnergrollen. Mich selber ergriff panische Angst. Pfarrer Duddleswell drückte die Pausentaste wieder ein, und wir verhielten uns mäuschenstill und wagten kaum zu atmen.

Unter uns war nichts zu hören. Die Ruhe verwirrte mich, und so schaute ich noch einmal durch das Loch im Fußboden. Der Dieb war wieder auf seinen Platz in der Bank zurückgekehrt und schien im Gebet versunken zu sein. Seine Bekehrung war wohl so rasch erfolgt wie seinerzeit die des Apostels Paulus. Ich winkte Pfarrer Duddleswell zu mir. Auf Zehenspitzen kam er heran und schaute auf den Taugenichts hinunter.

„Heilige Mutter Gottes“, flüsterte er entsetzt und legte den zitternden Zeigefinger auf seine Lippen. „Das ist doch Lord Mitchin. Zum Glück ist er taub wie eine hohle Nuß. Wahrscheinlich hat er sein Hörgerät nicht bei sich.“

„Welch ein Glück für uns“, flüsterte ich zurück.

„*Deo* Himmel noch mal *gratias*“, sagte Pfarrer Duddleswell und bekreuzigte sich.

Als Lord Mitchin eine Viertelstunde später ging, spulte Pfarrer Duddleswell das Tonband zurück. Ich fragte, ob wir überhaupt weitermachen sollten.

„Wie sonst sollten wir das verlorene Schaf aus Christi Herde bekehren können, Father Neil? Wissen Sie einen anderen Weg?“

Ich begab mich wieder auf meinen Posten, und Pfarrer Duddleswell beugte sich wieder über sein Tonbandgerät. Den Finger hielt er über der Pausentaste. Unten waren Schritte zu hören. Als ich durch das

Loch im Boden blickte, sah ich einen schäbigen, heruntergekommenen Typ, dünn wie eine Zaunlatte. Ja, diesmal hatten wir tatsächlich Bud Norton zu fassen. Ein alter Militärmantel hing ihm bis auf die Füße hinunter. Unter dem Mantel ragte ein Paar Schuhe heraus, durch deren Löcher man die Zehen sehen konnte. Die Hände steckten in leinenen Fausthandschuhen.

Bud Norton machte keine Anstalten zu beten. Er stand eine Weile ruhig da, den Kopf erhoben und den Körper gespannt wie ein Eichhörnchen, das zum Sprung ansetzt. Ich sah sein verwittertes Gesicht, seinen kahlen Schädel. Tief im Herzen fühlte ich einen stechenden Schmerz von Mitleid. Das kam wahrscheinlich von den Fausthandschuhen an seinen Händen.

Bis zu diesem Augenblick war Bud Norton mir ein Schatten unter Schatten gewesen, ein Dieb, ein Strolch, ein Name, den man mit einer gewissen Geringschätzung aussprach. Aber jetzt war er hier, ein erbarmungswürdiger, heruntergekommener Landstreicher, der tagsüber in zehenlosen Schuhen herumlief und der in der Nacht schlief, wo immer er ein Obdach finden konnte. „Wie ein Schmetterling, den man gestern auf irgendeiner Blume gesehen hat“, so hatte Archie Lee ihn mir beschrieben. Aber er war ein Mensch aus Fleisch und Blut, ebenso wie Pfarrer Duddleswell und ich.

Bud Norton ging zum Opferstock für die Armen. In der Hand hielt er einen rostigen Schraubenzieher. Ein kurzer Seitenblick auf Pfarrer Duddleswell zeigte mir, daß er auf mein Zeichen wartete. Ich kam mir vor wie ein Verräter. Dennoch gab ich das Zeichen.

Der schauerliche Hall des Tondbandgerätes dröhnte auf, brach sich an den Wänden der Kirche und schallte zurück. Bud Norton stand da wie gelähmt.

„Noch mal?" raunte Pfarrer Duddleswell mir zu.

Ich nickte, und die folgende Botschaft schien das Herz des armen alten Bud Norton erstarren zu lassen.

„Du sollst nicht stehlen ... stehlen ... stehlen ..."

Ich sah, wie Bud Norton bebte. Nur mit Mühe hielt er sich auf den Beinen. Dann flüsterte er: „Allmächtiger Gott!" Und dann geschah etwas, was mir noch tiefer durch das Herz schnitt, als es die Fausthandschuhe getan hatten. Er kniete nieder und bekreuzigte sich. Gleich darauf rannte er zur Kirchentür hinaus.

Pfarrer Duddleswell und ich standen eine Weile bewegungslos auf der Orgelempore. Ich schloß die Augen und öffnete sie erst wieder, als ich Pfarrer Duddleswells Hand auf meinem Arm fühlte.

„Nehmen Sie sich zusammen, mein Sohn", sagte er mitfühlend. „Ich fühle mich genauso miserabel wie Sie. Es ist schon ein verteufelt gefährliches Spiel, wenn man den lieben Gott spielen will, das können Sie mir glauben. Auch wenn man damit die gute Absicht verfolgt, einen Menschen vom Stehlen abzuhalten." Er richtete sich auf. „Ich habe bloß so laut gebellt, damit ich nicht beißen mußte. Aber ich schwöre es bei allem, was mir heilig ist, daß ich so etwas Grauenhaftes in meinem ganzen Leben nie wiederholen werde."

Pfarrer Duddleswell ließ die Schlösser der Opferstöcke nun doch noch einmal erneuern. Danach liefen wir beide drei Tage lang in der Gegend herum, um Bud Norton zu suchen. Überall fragten wir nach ihm, in allen Kneipen und bei der Heilsarmee. Ein alter Trinker, bei dem man nicht einmal mehr unterscheiden konnte, ob er nach Benzin oder nach Alkohol roch, behauptete, er habe Bud Norton vor drei Tagen zum letztenmal gesehen; seitdem sei er verschwunden.

„Ich mache mir Sorgen", brummte Pfarrer Duddleswell. „Niemand mehr hat ihn seitdem gesehen."

Es war kalt, und es wurde früh dunkel. Der Himmel überdeckte die Landschaft mit einem weißen Kleid. Ich fühlte mich wacklig auf den Beinen, als hätte ich eine Grippe in den Knochen, und auch Pfarrer Duddleswell sagte mir, er fühle sich hundeelend.

Schließlich folgerten wir, daß Bud Norton sich an einen anderen Ort begeben hatte. Ich bat Pfarrer Duddleswell, mit mir zusammen einen Besuch bei Archie Lee zu machen. Archie war allein; er aß gerade zu Abend. Grinsend deutete er auf sein Brot mit zwei Spiegeleiern. „Miniaturmodell der Arche Noah".

Nachdem ich Archie alles ausführlich berichtet hatte, fragte er mich, welchen Tag wir heute hätten. Ich antwortete, es sei Samstag. Nein, er wolle das Datum wissen. Also, der 30. November.

„Und wie spät ist es jetzt?" fragte Archie.

Mißmutig sagte ich: „Viertel vor eins."

„Dann kann ich Ihnen auch nicht helfen, Hochwürden", sagte Archie kopfschüttelnd. „Das einzige, was ich Ihnen sagen kann, ist, daß er jetzt schon gut hundert Meilen von hier fort sein dürfte." Und er berichtete uns, daß es von jeher Buds Gewohnheit sei, sich an jedem Ort nur genau einen Monat lang aufzuhalten; am letzten Tag des Monats, und zwar vor der Mittagsstunde, verschwinde er. „Bis heute abend", erklärte Archie, „kann er schon ganz im Norden oder im Süden des Landes sein."

Das war's also. Pfarrer Duddleswell drückte Archie dankbar die Hand, wobei er eine zerknautschte

Pfundnote hinterließ. Danach gingen wir zusammen nachdenklich zum Pfarrhaus zurück.

Ehe wir ins Haus traten, schlug Pfarrer Duddleswell vor, auf einen Sprung in die Kirche zu gehen, um für Bud Norton zu beten. Unsere Gebete waren zugleich der Dank dafür, daß unsere Opferstöcke aller Voraussicht nach zum letztenmal geplündert worden waren.

Das Herz eines Kaplans

„Sie können sich wieder anziehen, Father Neil."

„Was fehlt mir, Doktor?"

Dr. Daley nahm das Stethoskop ab. „Ist das ein neues Hemd, das Sie anhaben? Dann machen Sie sich nur keine Sorgen. Sie werden das Hemd noch lange überleben."

„Die Schmerzen werden immer schlimmer, Doktor. Außerdem habe ich mich schon ein paarmal erbrochen."

„Ihr Blinddarm ist hart wie Stahl."

„Blinddarmentzündung?"

Dr. Daley pfiff durch seine nikotingelben Zähne. „Komisches Ding, so ein Blinddarm. Er verschafft den Leuten oft die größten Probleme, aber kein Mensch weiß eigentlich genau, wozu er überhaupt da ist." Er verschloß seine Tasche. „Genauso wie ihr Pfarrer, junger Mann. Stimmt's?"

„Also muß er wohl raus?"

„Kleinigkeit, Father Neil", beschwichtigte mich Dr. Daley. Dabei gestikulierte er mit den Händen, als sei er schon mit der Operation beschäftigt. „Sie werden da unten ein bißchen rasiert, ein winziger Einschnitt, Haut und Fett werden zur Seite geschoben, zwei Muskeln werden noch durchschnitten, und dann hüpft er heraus. Das Ganze ist so einfach wie das Entkorken einer Whiskyflasche."

„Mir kommt das gar nicht so einfach vor."

„Herrliche Sache, einfach wunderbar. Schade, daß

Sie nicht zusehen können, wenn man Ihnen dieses Zipfelchen rausnimmt."

Er öffnete die Tür, um Mrs. Pring zu rufen. Das war nicht nötig.

„Missis Pring", rief der Arzt mit schlecht gespielter Überraschung, „welch ein unbeschreibliches Glück, daß Sie zufällig gerade in der Nähe des Schlüssellochs waren."

„Ich lief gerade vorbei", verteidigte sie sich.

Dr. Daley klopfte mir auf die Schulter. „Jedenfalls ist es gut zu wissen, Father Neil, daß man Sie hier keine Sekunde aus dem Auge läßt. So was nennt man Fürsorge." Und zu Mrs. Pring gewandt, fuhr er fort: „Sorgen Sie dafür, daß unser lieber Kaplan im Bettchen bleibt und absolute Ruhe bewahrt." Er legte sich selbst die Hand auf die rechte Bauchseite und sagte halblaut flüsternd: „Blinddarm."

Pfarrer Duddleswell kam die Treppe herauf. „Na, Donal, was ist mit meinem Kaplan los? Ernste Geschichte?"

Zu dritt gingen wir in mein Arbeitszimmer.

Dr. Daley sprach als erster. „Ich möchte dich nicht bitten, mich auf ein Gläschen einzuladen, Charles. Du weißt, ich bin dienstlich hier, und laut Vorschrift der Ärztekammer darf ich mich von Patienten und deren Angehörigen nicht zu alkoholischen Getränken einladen lassen. Ich möchte meine Zulassung nicht gern verlieren." Dann nahm er aus seiner Bereitschaftstasche zwei Gläser und eine Whiskyflasche heraus. „Aber die Vorschriften besagen nicht, daß ich dich nicht einladen dürfte, Charles."

Aber Pfarrer Duddleswell schüttelte den Kopf.

„Blinddarm", sagte der Arzt. „Ich werde dafür sorgen, daß er so schnell wie möglich unters Messer kommt, ehe das Ding explodiert und ihm um die Ohren fliegt."

Pfarrer Duddleswell war besorgt. „Aber du sorgst mir dafür, Donal, daß es ihm im Krankenhaus an nichts fehlt."

„Natürlich, Charles. Er kriegt ein Bett, Leintücher, Bettdecke, alles, was man so im Krankenhaus braucht."

„Nein, ich meine, du solltest dafür sorgen, daß er nicht in einen großen Krankensaal gelegt wird."

„Nein?"

Dr. Daley leerte das Glas auf seine übliche Art, ohne die Zigarette dabei aus dem Mund zu nehmen. „Ich *könnte* ihn natürlich irgendwo unterbringen lassen, wo er die allergrößte Fürsorge genießt", meinte er mit gerunzelter Stirn und spöttischem Grinsen. Und nach einer kleinen Pause setzte er genüßlich hinzu: „In der Säuglingsstation."

„Quatsch", antwortete Pfarrer Duddleswell säuerlich. „Schließlich hat er ein geistliches Amt. Father Neil braucht einen Raum, in dem er in Ruhe sein Brevier beten kann."

„Einverstanden, Charles. Ich werde dafür sorgen, daß er ein Einzelzimmer bekommt und daß die Schwestern sich besonders liebevoll um ihn kümmern."

Und dieses Versprechen hielt er. Kurz darauf lag ich in einem schmucken Einzelzimmer, und Schwester Owen war wirklich die Liebenswürdigkeit in Person.

Die Operation befreite mich sowohl von den Schmerzen als auch von der Angst. Schon nach zwei

Tagen durfte ich aufstehen, um die ersten Schritte zu versuchen.

Schwester Owen wechselte inzwischen die Bettbezüge. „So, darin werden Sie nicht nur besser schlafen, Herr Kaplan, sondern auch schneller wieder gesund werden."

„Nett, danke schön."

„Sie sind wirklich ein Musterpatient, Herr Kaplan. Ich habe gehört, daß Sie unter der Narkose völlig entspannt waren."

Sie schob mir ein Thermometer in den Mund und maß meinen Puls.

„Ich habe doch hoffentlich nicht im Schlaf gesprochen?"

Sie lächelte. „Hm, nichts Schlimmes", meinte sie. „Die Operationsschwester hat mir nur erzählt, Sie hätten recht spaßige Dinge gesagt."

„Spaßige Dinge?"

„Naja, harmlose Scherze. Das meiste war sowieso nicht zu verstehen. Aber vieles klang nach einem irischen Akzent."

Vor der Tür hörte ich vertraute Stimmen, und gleich darauf traten Pfarrer Duddleswell und Mrs. Pring ein, die mit Geschenken beladen waren wie die Weisen aus dem Morgenland.

Mrs. Pring sah, wie die Schwester meine Hand hielt. Mit offenem Mund blieb sie stehen.

„Na, Father Neil, freut mich, daß alles glatt gegangen ist", sagte Pfarrer Duddleswell freundlich.

Schwester Owen zupfte meinen Bettbezug noch ein wenig zurecht. „Ich komme später noch einmal, wenn Ihr Besuch gegangen ist, Herr Kaplan, sagte sie beim Hinausgehen.

„Charmant, charmant", brummte Pfarrer Duddleswell, und er winkte ihr nach, was allerdings nicht besonders freundlich wirkte.

Mrs. Pring machte ihrer Empörung Luft. „Haben Sie gesehen, wie dieses junge Ding Father Neils Hand gehalten hat, und wie sie ihm das Bett aufgemacht hat? Haben Sie das gesehen? Was bildet die sich eigentlich ein?"

„Das ist nun einmal ihre Aufgabe als Krankenschwester", sagte ich.

„Und ich meine", fuhr Mrs. Pring fort, „daß hierher eigentlich eine Nonne gehört. Es schickt sich einfach nicht, daß hier so ein junges Ding herumhüpft, während Father Neil nichts weiter als seinen Schlafanzug trägt."

„Sie sollten nicht so prüde sein, Missis Pring", wandte Pfarrer Duddleswell ein.

Er setzte sich hin, während Mrs. Pring sich daranmachte, die mitgebrachten Blumen in eine Vase zu stellen.

„Nun, Father Neil", begann der Pfarrer wieder, „Sie haben's hier wirklich so gemütlich wie eine Maus im Heuschober."

„Ja, ich fühle mich wirklich wohl."

„Ach ja, das hätte ich ja beinah ganz vergessen." Er öffnete eine Papiertüte und zog daraus große dunkelblaue Trauben hervor.

„Aber das hätten Sie doch nicht machen sollen", sagte ich. „Die sind doch viel zu teuer."

„Ach was, ich hab' heute halt die Spendierhosen an, Father Neil."

Mrs. Pring war noch immer besorgt. „Ich hoffe, daß die Schwestern Sie wenigstens nicht beim Beten stören."

Pfarrer Duddleswell interessierte sich mehr für die

Trauben, die er mir mitgebracht hatte. Er deutete auf eine besonders dicke. „Darf ich?"

„Natürlich."

Er schob sie in den Mund. „Ausgezeichnet, die werden Ihnen gut schmecken."

„Nehmen Sie sich ruhig noch ein paar mehr."

Mrs. Pring brummte: „Ich habe Ihnen extra Blumen mitgebracht, Father Neil, weil ich weiß, daß er Ihnen *die* nicht wegfrißt."

„Sie sollten dafür sorgen", sagte Pfarrer Duddleswell schmatzend, „daß Sie ein bißchen zunehmen, solange Sie hier Zeit und Ruhe haben." Und er deutete mir an, daß ich viel essen sollte, indem er sich mit ausholender Gebärde eine weitere Traube in den Mund schob.

Ich begann die Umschläge mit den Karten zu öffnen, mit denen die Mitglieder der Gemeinde mir gute Besserung wünschten.

Mrs. Pring fragte: „Hatten Sie vor uns schon andere Besucher, Father Neil?"

Ich verzog das Gesicht zu einer säuerlichen Grimasse. „Nur die Schwester Oberin vom Kloster."

„Mutter Stephen?" Pfarrer Duddleswell sah aus, als habe er sich plötzlich den Magen verdorben. „Was wollte sie denn um Gottes willen hier? Hat Sie Ihnen womöglich eine Bibel und ein Wunderamulett mitgebracht?"

„Sie bestand darauf, mit mir zusammen den Rosenkranz zu beten. Und ich mag sie irgendwie."

Pfarrer Duddleswell fühlte mir den Puls und legte zugleich die andere Hand auf meine Stirn. „Armer Kerl, Sie müssen viel kränker sein, als ich dachte."

Und wieder schob er sich eine dicke Traube in den Mund, um sich von dem Schrecken zu erholen.

Kaum war das komische und doch so liebenswürdige Paar zur Tür hinaus, stand ich auf, um mich zu duschen.

Pfarrer Duddleswell hatte vorgeschlagen, daß ich in den privaten Teil des Hospitals verlegt werden sollte, in dem nur Nonnen als Krankenschwestern wirkten. Dort wurden für gewöhnlich die Geistlichen der Diözese untergebracht, die einer stationären Behandlung bedurften. Aber weshalb wollte er mich aus diesem Paradies hier vertrieben wissen?

Gerade wollte ich den Wasserhahn aufdrehen, als ich Pfarrer Duddleswell und Mrs. Pring reden hörte. Statt gleich nach Hause zu gehen, hatten sie offenbar bei der Stationsschwester angeklopft, um noch ein Wörtchen mit dem Arzt zu reden. Da ihre Stimmen recht laut waren und die Wand zwischen dem Duschraum und dem Zimmer nur dünn war, konnte ich fast jedes Wort verstehen.

Mrs. Pring drückte ihre Besorgnis aus. Ich hätte bislang ein wohlbehütetes Leben geführt, und jetzt tauche da plötzlich so ein hübsches junges Ding von Krankenschwester auf, das offenbar nichts Besseres zu tun habe, als mir den ganzen Tag lang die Hand zu drücken.

Pfarrer Duddleswell sagte, sie solle sich keine unnötigen Sorgen machen und ein bißchen mehr Vertrauen zu mir haben.

„So einem jungen Mann vertrauen?" wiederholte Mrs. Pring mit grimmiger Ironie. „Meinen Sie vielleicht, weil auf Sie selbst niemals eine Frau hereingefallen ist? Ich kann Ihnen sagen: Wenn unserem Kaplan etwas widerfährt, dann werde ich Sie wie einen Floh zerquetschen, Herr Pfarrer, so wahr mir Gott helfe!"

Die Tür wurde geöffnet, und ich hörte Dr. Daleys Stimme sagen: „Du hast mich rufen lassen, Charles?"

Mrs. Pring wurde hinauskomplimentiert, und ich hörte Pfarrer Duddleswells Stimme wieder. „Missis Pring macht sich große Sorgen um Father Neil, Donal."

„Weshalb?"

„Sein Herz."

„Mein Gott, Charles, er hat's doch bloß am Blinddarm, und der liegt längst im Abfalleimer."

„Nein, Donal, Missis Pring befürchtet, ein so junger Kerl, der den ganzen Tag untätig im Bett liegt, könne leicht einmal den Verstand verlieren."

Danke schön, dachte ich.

Dann hörte ich Dr. Daleys Stimme wieder. „Sag mal, Charles, hast du vielleicht zu tief ins Glas geschaut, ehe du hergekommen bist? Aber da ich gerade davon spreche ..." Ich hörte das Klirren von Gläsern, und danach wurde eine Flasche entkorkt. „Mal ganz ehrlich, Charles: Du bist es, der sich Sorgen macht."

„Ja. Aber ich mache mir auch Vorwürfe. Schließlich habe ich ihn ja der Gefahr der Versuchung ausgeliefert, indem ich darauf bestand, daß er ein Einzelzimmer kriegen sollte."

„Du willst wohl behaupten, daß irgendeine hübsche junge Schwester sein Zimmer gewissermaßen zu einer privaten Intensivstation gemacht habe?"

„Ich entsinne mich, wie es mir einmal ging, als ich selber noch Kaplan war."

„Mein Gott, Charles, du hast wirklich ein phantastisches Gedächtnis."

„Er lebt doch im Zölibat, Donal, und ich möchte einfach den besten Kaplan, den ich je hatte, nicht verlieren, schon gar nicht an eine Frau."

„Also darauf will ich erst mal einen trinken." Einige Sekunden später setzte der Doktor sein Glas hart auf die Tischplatte nieder. „Alles in allem wird er höchstens eine Woche lang hierbleiben."

„In einer Woche kann verdammt viel passieren, Donal. Der Herrgott hat die ganze Welt innerhalb einer Woche erschaffen."

„Das stimmt, aber dafür ist sie ihm auch nicht sonderlich gut gelungen."

„Jetzt sei mal ernsthaft, Donal."

„Das bin ich. Du siehst doch, daß ich mir noch ein Glas einschenken muß, um alles zu verdauen, was du mir da sagst." Ich hörte das Glucksen, als er sein Glas füllte. „Was kann *ich* denn nun an dieser ganzen Geschichte ändern, Charles? Gib mir darauf bitte eine Antwort. Soll ich deinen Kaplan in eine alte Ritterrüstung stecken? Soll ich die Schwester Oberin aus dem Kloster als Aufpasserin herbestellen? Soll ich extra für ihn ein paar alte, häßliche Krankenschwestern einstellen?"

„Ich möchte dich nur bitten, daß du dich mal von Mann zu Mann mit Father Neil unterhältst, Donal."

„Ich?"

„Ja, du bist ein Mann von Welt. Dir wird er glauben, wenn du ihm erklärst, daß eine Ehe alles andere ist als ein Honigschlecken."

„Das ist nicht so einfach, Charles. Du kennst ja meine unorthodoxen Ansichten; mir erscheint der Zölibat so unnatürlich, daß ich ihn gewiß niemals erfunden hätte, und eine gute Ehefrau ist für mich so gut wie das halbe Leben. Außerdem würde er gewiß merken, daß du dahintersteckst."

„Ach was, Donal, auf den Gedanken käme er nie, so naiv, wie er ist."

Nochmals danke schön, dachte ich.

„Meinst du, Charles? Der weiß inzwischen doch längst, daß es bei dir im Hirn spukt."

„Und noch was, Donal: Kein Wort über all das zu Missis Pring."

„Kein Wort zu Father Neil, kein Wort zu Missis Pring – bist du dir eigentlich sicher, daß *ich* das alles hören sollte, was du mir jetzt erzählst hast?"

„Ich möchte nur verhindern, daß Missis Pring, dieses absolut unwissende Geschöpf, sich Sorgen macht."

„Ich verspreche dir gar nichts, Charles, aber ich werde noch einen darauf trinken."

Offenbar mußte Dr. Daley darauf noch eine ganze Menge trinken, denn in den folgenden Tagen bekam ich ihn nicht zu Gesicht.

Ich war schon ein ganzes Stück auf dem Wege der Genesung, als Schwester Owen eines Morgens zu mir ins Zimmer kam, um mich zu einem Spaziergang zu holen.

Es war ein herrlicher Morgen. Die Sonne schien, und die Vögel sangen. Nie zuvor hatte ich ein solches Selbstbewußtsein gehabt, niemals das Gefühl, daß das Leben so vielfältig war und mir so viele Möglichkeiten bot. Es war so recht der Morgen nach dem Herzen eines jungen Mannes.

„Ist es Ihnen recht, Herr Kaplan, wenn wir hier ein bißchen bleiben?"

„Aber natürlich, gern."

Schwester Owen setzte sich auf eine Bank, und ich saß ihr in meinem Rollstuhl gegenüber. „Hier ist es schön", begann sie schüchtern.

„Das finde ich auch."

„Mir gefällt's hier besonders gut."

„Mir auch."

„Wir sind ganz allein."

Ich schaute rasch in die Runde. „Abgesehen von den Vögeln." Eine harmlose Bemerkung, die uns aus irgendeinem Grund zum Lachen brachte. Wir waren beide gleichermaßen verlegen.

„Soweit ich das beurteilen kann, sind Sie als Patient eine große Ausnahme", sagte Schwester Owen.

„Tatsächlich?"

„Sie haben sich niemals beschwert, wenn ich Ihr Bett zurechtgemacht habe."

„Wieso sollte ich mich darüber beschweren?"

„Das machen die meisten. Sie würden sich wundern."

Ich verschluckte mich. „Vielleicht." Ein kurzes Schweigen, dann sagte ich: „Sagen Sie, Schwester, haben Sie heute nicht ihren freien Vormittag?"

„Ja, aber ich bin freiwillig gekommen."

„Das finde ich großartig."

Sie schüttelte den Kopf. „Im Gegenteil. Ich mache das nur im eigenen Interesse. Wissen Sie, Herr Kaplan, es gibt da etwas, worüber ich unbedingt mit Ihnen reden muß. Ganz privat."

„Ja", sagte ich mit einer seltsamen Mischung aus Hoffnung und unguter Ahnung.

„Das Ganze ist so verwirrend, denn Sie sind Priester und ich – naja, von mir nimmt man an, daß ich eine aufrichtige Katholikin sei, und ich möchte nicht –" Mit einem Schulterzucken brach sie den Satz ab.

„Daß ich schlecht über Sie denke, Schwester?"

„Ja."

Ich lächelte, so gut ich das in diesem Augenblick

konnte, und faßte nach den Gummirädern meines Rollstuhls. „Wollen Sie nicht offen mit mir reden?"
Und das tat sie dann unter Tränen.

Am Mittag fühlte ich mich gar nicht wohl in meiner Haut, als Dr. Daley aufkreuzte. Aber sein Besuch brachte mich auf andere Gedanken.

Um ihm die Eröffnung des Gesprächs ein wenig zu erleichtern, sagte ich: „Schön, daß Sie mich besuchen, Doktor. Machen Sie sich's bequem, da steht ein Stuhl."

„Das ist gut", sagte er, setzte sich hin und schwieg.

„Wollen Sie nicht erst mal einen Schluck trinken, Doktor?" Ich deutete auf seine Tasche.

„Wird wohl das Beste sein", antwortete er.

Um ihm über seine sichtbare Verlegenheit hinwegzuhelfen, sprach ich weiter. „Pfarrer Duddleswell hat mir erzählt, daß Sie beide sich schon seit über dreißig Jahren kennen."

„Stimmt."

„Und Sie stammen aus Connemara an der irischen Westküste?"

Das Zauberwort. Jetzt öffnete er seine Tasche und nahm eine Flasche und ein Glas heraus.

„Erzählen Sie mir darüber, Doktor."

„Mit trockenem Hals kann ich nicht reden."

„Dann trinken Sie, Doktor. Ich warte."

Er trank die erste Füllung des Glases und schenkte sich gleich noch einmal nach, „um das Glas warm zu halten".

„Tja, also ... Connemara, Sie haben mich nach Connemara gefragt." Er ruckte seinen Stuhl zu mir her und setzte sich ganz bequem hin. „Ja, mein lieber junger Freund, ich soll Ihnen also über Connemara an der See erzählen.“

Bedächtig schüttelte er eine ganze Weile seinen Kopf, als müsse er die Erinnerungen darin zuerst sortieren.

„Also da haben wir zuerst einmal das Wetter, Father Neil. Sturm und Sonnenschein und Regen wechseln da von Minute zu Minute. Das Wetter der sieben Elemente, sagten wir immer. Wenn es schlecht war, dann lohnte es sich nicht zu leben, und wenn es gut war, dann lohnte es sich nicht zu sterben. Man wußte nie, was danach kam, aber ganz unvermittelt konnte man nach Westen über das Meer blicken und New York sehen, vielleicht sogar um die ganze Erde herum, bis man seinen eigenen Hinterkopf sah.“

Er lachte und schlug sich dabei mit der flachen Hand auf seinen ziemlich kahlen Schädel.

„Und eine Sekunde später“ – sein Gesicht nahm einen erstaunten Ausdruck an –, „meinen Sie, Sie hätten da die eigene Nasenspitze noch sehen können? Ganz bestimmt nicht.“

Wieder schenkte er sich ein Glas ein.

„Ein klatschnasses Land, das kann man nicht anders sagen, naß und meistens auch mit einer Nebeldecke über den Felsenhügeln. Und der Sturm peitscht den Ozean an die Küste. Aber auch ein grünes Land, grün, grün, alles grün.“

Er hob das Glas, trank und schwieg. Um ihn wieder zum Sprechen zu bringen, fragte ich: „Waren Sie das einzige Kind Ihrer Eltern, Doktor?“

Er grinste breit. „Sie haben vielleicht eine Vorstellung, Father Neil. Wenn mein Großvater Ihre Frage gehört hätte, er hätte sich krank gelacht.“ Er schüttelte den Kopf. „In dieser Gegend gibt es nur kinderreiche Familien. Nicht gerade, daß wir nun den absoluten Rekord gehalten hätten, aber siebzehn waren wir immerhin."

„Ganz schöne Konkurrenz für die Kaninchen."

„Kann man wohl sagen. Unser Pfarrer, ein toller Bursche, dieser Pfarrer McEntee, der hatte ja kaum eine Ahnung von weltlichen Dingen. Einmal hörte ich ihn zu meiner Mutter sagen: ‚Mary', sagte er, ‚was ist eigentlich mit dir los? Du brauchst bloß die Hose von deinem Mann anzufassen, und schon bist du wieder schwanger.' Also, was meine Mutter war, Gott hab sie selig, die konnte ja einen Spaß vertragen, auch wenn sie während der zwölf Monate des Jahres ihre Zehenspitzen höchstens in sechs Monaten sehen konnte."

„Und das wievielte Kind waren Sie in der Reihe?"

„Ich? Ich war die Nummer acht. Vier von meinen Brüdern sind Priester geworden." Er verzog den Mund. „Aber wohl nicht so ganz freiwillig. Ich glaube, meine Mutter hat sie einfach im Priesterseminar angemeldet."

Wieder schwieg er. Und dann sagte er plötzlich mit geradezu fröhlicher Stimme: „Connemara, welch eine Gegend! Mann, einfach zum Liebhaben. So, wie's damals da war. Heute wird's da auch anders sein, kein Zweifel. Strohbedeckte Hütten mit Lehmwänden und kleinen Fenstern. Unser Haus hatte nicht mal einen Schornstein. Und drinnen waren die Wände dunkelbraun vom Rauch des Torffeuers. Vor der Tür stand eine große Regentonne."

Er zwinkerte, aber das galt nicht mir. Wahrscheinlich zwinkerte er sich selber zu, so, wie er einmal gewesen war, wie alles einmal gewesen war.

„Muß wirklich schön gewesen sein, Doktor."

„Das war's auch. Aber es war auch ein hartes Leben. Oft sind wir halbverhungert in der Gegend herumgestrolcht. Kartoffeln aßen wir aus der Hand. ‚Gabeln sind englisch', sagten wir."

„Und das bedeutet?"

„Scheußliche Angewohnheit der Ausländer. Oder wir aßen gesalzenen Fisch, grün und gelb war der, so wie Tabak und alte Lederstiefel. Oder Brot mit Salz, *das* hatte noch einen Nährwert, das kann ich Ihnen sagen."

Ich nickte, um meinen Glauben an die Qualität von Brot und Salz zu beweisen.

„Der steinige Boden gab ja auch kaum etwas her. Wir hatten nur ein kleines Feld und etwas Gras für die fünf Kühe."

Er hob den Kopf und schaute mich an. „Aber es war herrlich, einfach herrlich. Am Abend knieten wir alle zusammen auf dem steinigen Küchenboden nieder, um den Rosenkranz zu beten, alle, einschließlich Hühner und der Schweine. Mein Gott, sogar die Schweine beteten. Ich sage Ihnen, die machten uns noch etwas vor. Wir beteten, um den Teufel draußen zu halten und daß die karge Ernte nicht verdarb."

„So ein Leben muß ja ganz nach dem Geschmack eines Jungen gewesen sein", sagte ich, um überhaupt etwas zu sagen.

„Da haben Sie recht, Father Neil. Es war herrlich, draußen vor der Tür im Sonnenschein zu sitzen und den Geruch der Erde zu schnuppern. Und über die Felder zu laufen, einfach ins Blaue hinein." Er schaukelte auf seinem Stuhl vor und zurück. „Ruhe und Schweigen. Überall Ginster und Heidekraut, Purpur und Gold. Das konnte einen die Armut völlig vergessen lassen, wenigstens ein bißchen."

„Kann ich verstehen."

„Und dann das Seufzen des Windes. Im September trugen die Sträucher Beeren, so dick wie die Tiara des Papstes, ich weiß nicht, ob Sie mir das glauben wollen."

„Ich glaube es", antwortete ich ernsthaft.

„Sogar im Februar sangen bei uns die Lerchen, auf und ab flogen sie dabei, und dann im Sommer das Laub" – er schwenkte die Arme hin und her –, „wie das im Wind flatterte." Traumverloren lächelte er bei dem Gedanken an vergangene Zeiten. „Wissen Sie, was ich mal möchte? Ich möchte den Hufschmied noch einmal besuchen. Der war immer schwarz wie Ruß. Dieses Zischen und der Geruch der Pferdehufe, wenn er ihnen das rotglühende Hufeisen auflegte! Ach Gott, wie fand ich das entsetzlich, und ich mochte es gar nicht." Er atmete tief und genüßlich durch die Nase. „In den Bächen habe ich Forellen mit der bloßen Hand gefangen. Mit diesen Händen" – er hielt mir die Hände zitternd entgegen, als gehörten sie einem anderen –, „das kann ich Ihnen sagen. Mit diesen Händen, vor unendlich langer Zeit."

Er leerte das Glas wieder, vielleicht um mir zu zeigen, daß seine Hände jetzt zu etwas anderem dienten.

„Sonderbar", sagte ich, „aber sogar ich kann mich an Geschehnisse und Menschen um so besser erinnern, je länger das her ist."

„Ach, ach, ach, mein junger Methusalem", antwortete er mit sanfter Ironie. „Das ist gar nicht so sonderbar. Wir haben einfach viel länger mit ihnen zusammen gelebt, und deshalb kennen wir sie auch besser. Das ist nicht länger her, sondern sie stehen einem einfach näher, die alten Freunde. Verstehen Sie?"

„Ich glaube, ja."

„Na, egal, Father Neil, jetzt wissen Sie auch, weshalb ich dieses erbärmliche Zeugs von Zeit zu Zeit trinken muß."

„Nein. Warum?"

„Um meine Gedanken von Connemara loszureißen. Aber weshalb habe ich Ihnen das nun eigentlich alles erzählt?"

Ich sagte ihm meine Meinung offen und ehrlich. „Weil Sie einen Anlauf nehmen wollten, um mir Pfarrer Duddleswells Botschaft zu übermitteln."

„Wie? Sie wissen, daß Charles mich gebeten hat, mit Ihnen zu reden?"

„Ich hab's vermutet."

„Und dann lassen Sie mich die ganze Zeit schwatzen!"

Ich mochte diesen alten Mann und beschloß, ihm seine Aufgabe zu erleichtern. „Er möchte wissen, wie es mit meinem Herzen steht."

„Darüber wollte ich tatsächlich mit Ihnen reden, aber wenn Sie –"

„Ich werde Ihnen reinen Wein einschenken, Doktor."

„Also so ein katholischer Priester ist doch schon ein merkwürdiger Vogel, Father Neil."

„Ich leide, Doktor."

Dr. Daley nahm meine Hand so behutsam in die seine, als sei sie ein Glas Whisky. Dann schaute er mir betrübt in die Augen.

„Es gibt hier eine außergewöhnlich hübsche katholische Schwester, die mich pflegt, Doktor, und ..." Ich fühlte einen Kloß im Hals.

„Und?"

„Sie ist sterblich verliebt in einen der Ärzte hier."

Dr. Daley starrte mich an. „Stimmt das auch?"

„Sie hatte Angst, daß ich ihr Vorwürfe machen

könnte, denn er ist nicht katholisch, und sie will ihn unter allen Umständen heiraten."

Wie ein Geist steckte in diesem Augenblick Schwester Owen ihren hübschen Kopf zur Tür herein. Als sie den Arzt an meinem Bett sah, entschuldigte sie sich. „Ich komme nachher noch einmal, Herr Kaplan."

„Ist sie etwa das verliebte Vögelchen?" fragte Dr. Daley und deutete auf die Tür. Ich nickte. „Mein Gott, ein Mädchen wie sie müßte doch einen Siebenschläfer wachrütteln."

„Mich hat sie jedenfalls mit ihrer Geschichte ganz schön durcheinandergebracht."

Er faltete die Hände. „Dann bleibt mir nichts anderes übrig, als für Sie zu beten, Father Neil."

„Darum möchte ich gebeten haben."

„Mit einem Gesicht und einer Figur, wie dieses Mädchen sie hat, wäre sogar ich alter Esel noch zu jeder Torheit imstande." Er schaute auf seine Armbanduhr, kramte seine Utensilien in die Tasche und sprang auf. „Zeit für mich, ich habe Feierabend."

„Ach, Doktor, noch etwas. Bitte, verlieren Sie kein Wort darüber bei Pfarrer Duddleswell."

„Muß ich mir das schon wieder anhören?" schnaubte er.

„Er sollte lernen, anderen Menschen zu vertrauen."

„Ein Amen auf so ein unmögliches Vorhaben."

„Und er sollte das, was er zu sagen hat, auch nicht immer auf Umwegen anzubringen versuchen."

„Ach, unser lieber Charles ist nun einmal so. Manchmal kann ihm nicht einmal sein eigener Schatten folgen. Und wie ist es mit Missis Pring?"

„Ihr können Sie's sagen", antwortete ich. „Sie weiß schon, was sie machen muß."

Seitdem ich wußte, daß Schwester Owen einen anderen liebte, war ich ihr gegenüber jetzt nicht mehr so befangen.

„Sie wollen wissen, was mein Vater macht?“ sagte sie einmal. „Mein Vater ist Chirurg.“

„Und meiner hat einen Gemüseladen“, gab ich zurück, während sie mir das Thermometer in den Mund schob.

„Mein Vater kann nicht mal eine Tomate zerteilen, ohne sich dabei in den Finger zu schneiden. Aber bei einer Operation geht sein Messer keinen Millimeter daneben.“

Die Tür wurde geöffnet. Es war Mrs. Pring, auf dem Fuße gefolgt von Pfarrer Duddleswell, der mit einer braunen Papiertüte bepackt war.

„Sie wollten wohl gerade gehen, Schwester?“ fragte der Pfarrer spitz.

Schwester Owen zog das Thermometer aus meinem Mund. „Wenn Ihnen daran liegt, Hochwürden.“

„Nehmen Sie sich ruhig Zeit, Schwester“, sagte Mrs. Pring süßlich, „wir haben viel Zeit.“

„Und ich sage, daß wir mit Father Neil allein sein möchten“, brummte Pfarrer Duddleswell.

Mrs. Pring blickte ihn vorwurfsvoll an. „Nun, Schwester, machen Sie Father Neils Bett ruhig noch ein wenig zurecht, ehe Sie gehen.“

Schwester Owen gehorchte ihr und zwinkerte mir noch einmal zu, ehe sie zur Tür ging.

„Sie sind wirklich außergewöhnlich zuvorkommend“, flötete Mrs. Pring ihr noch zu, als sie ihr die Tür öffnete.

Pfarrer Duddleswell öffnete die Tüte. „Ich habe Ihnen eine Bibel mitgebracht, Father Neil.“

Ich wendete meine ganzen schauspielerischen Fähigkeiten auf, als ich den Mund erstaunt aufklappte. „Und ich hatte mich schon so darauf gefreut, wieder zu sehen, wie Ihnen meine Trauben schmecken, Herr Pfarrer.“

Er schob die Hand in seine Rocktasche. „Und außerdem einen Rosenkranz.“ Grimmig drückte er ihn mir in die Hand.

„Ich hab’ doch schon einen.“

„Dann haben Sie einen in Reserve.“

„Und ich werde zwei Ave Maria zur gleichen Zeit beten.“

Er rümpfte verächtlich die Nase. „Ich habe Mutter Stephen gebeten, Ihnen nachher noch einen Besuch abzustatten.“

„Wollen Sie denn gar nicht, daß ich wieder gesund werde?“

Mrs. Pring mischt sich ein. „Kümmert sich die Stationsschwester auch noch genug um Sie, Father Neil?“

„Oh, einfach großartig.“

„Wohl eine Spur zu großartig“, sagte Pfarrer Duddleswell düster.

„Ach, die nette junge Schwester“, sagte Mrs. Pring mit gekonnter Begeisterung, „ich finde sie einfach entzückend. Ich möchte wetten, daß sie Ihnen fehlen wird, wenn Sie morgen entlassen werden. Ein Mann braucht doch einfach eine Frau, die sich ein bißchen um ihn kümmert.“ Sie blickte den keuchenden Pfarrer Duddleswell von der Seite an. „Hab ich recht?“

Ich war wieder daheim. Mrs. Pring trug den Koffer in mein Zimmer, während Pfarrer Duddleswell den Wagen in die Garage setzte.

„Der hat mich vielleicht zusammengedonnert, Father Neil“, gestand mir Mrs. Pring. „Ich sei die blödeste alte Gans, die ihm je über den Weg gelaufen sei.“

„Also hat er sich kein bißchen geändert, während ich im Krankenhaus war.“

„Er hat sich entsetzlich über diese junge Schwester aufgeregt, die jedem ihre schlanken Beine zeigte. Besonders ihre aufreizenden schwarzen Strümpfe haben ihn erbost.“

„Wie prüde.“

„Das hab’ ich ihm auch gesagt“, antwortete Mrs. Pring. „Er hat mich sogar gefragt, ob ich nicht gesehen hätte, wie sie Ihnen zugezwinkert hat.“

„Und was haben Sie geantwortet?“

„Ich hab’ gesagt: ‚Herr Pfarrer, ich zwinkere Ihnen auch von Zeit zu Zeit zu, aber das hat nun wirklich nicht das geringste zu bedeuten‘, aber er hat gar nicht hingehört, sondern nur gesagt: ‚Mein Gott, der arme Junge ist doch total durchgedreht. Je näher dieses Weibsstück ihm kam, desto mehr funkelten seine Augen.‘“

„Aber Sie vertrauen mir wenigstens, Missis Pring?“

„Aber natürlich“, antwortete sie. „Ich habe ihm noch gesagt: ‚Verlassen Sie sich darauf, daß Father Neil einen ganz gesunden Verstand hat.‘ Aber er rannte in die Kirche, nachdem er mir noch zugerufen hatte: ‚Ich werde jetzt für den Rest des Tages in der Kirche darum beten, daß dieses Küken von einem Kaplan den Verstand, den Gott ihm in seiner unermeßlichen Güte gegeben hat, wenigstens ein einziges Mal in seinem Leben walten läßt, sonst werde ich diesem verfluchten Weibsstück vor seinen Augen noch die Leviten lesen.‘“

Ich lachte noch immer, als Pfarrer Duddleswell die Treppe heraufstapfte. „Ab in die Küche, Weib“, befahl er Mrs. Pring, „widmen Sie sich den Aufgaben, zu deren Erfüllung Sie erschaffen sind.“ Und zu mir sprach er gleich darauf mit salbungsvoller Stimme: „Sie sollten alles ein bißchen leichter nehmen, Father Neil.“

Und ich antwortete demütig, als sei ich gerade aus dem Beichtstuhl gekommen: „Sie sind so freundlich zu mir, Herr Pfarrer.“

„Gibt es irgend etwas, womit ich Ihnen eine Freude machen kann?“ Er musterte mich besorgt von oben bis unten. „Sagen Sie's nur frei heraus.“

Mein Blick schweifte durch das spärlich eingerichtete Zimmer. „Wie wär's mit einem neuen Sessel und einem größeren Bücherschrank und einer guten Uhr und –“

„Ich meinte etwas, was im Bereich des Machbaren liegt.“

„Ach so. Und was verstehen Sie unter Machbarem?“

„Ich werd' darüber nachdenken. Wenn es mir einfällt, werde ich's Ihnen sagen.“

„Vertrauen“, spielte ich an. „Wie wäre es damit, Herr Pfarrer?“

„Ach“, sagte er und rieb die Hände gegeneinander, als wolle er in der Art der alten Germanen ein Feuer entzünden, „ich fühle mich doch sehr erleichtert, Sie wieder in meinem Stall zu haben.“ Mit halbgeschlossenen Augen musterte er mich mißtrauisch. „Sie selber sind doch wohl auch froh, wieder hierzusein.“

„Ja“, erwiderte ich, worauf er aufatmete. „Und auch nein.“

„Gut“, sagte er hastig, „dann werde ich mich darum kümmern, daß Sie irgendwo anders einen ganzen Monat lang Urlaub machen können.“

„Ja, aber, Herr Pfarrer, es gibt einen ganz bestimmten Grund, daß ich hierbleiben möchte."

„Widersprechen Sie nicht – Sie gehen. Und damit basta. Ich habe den Schwestern in Saint Leonard on Sea bereits geschrieben. Die frische Seeluft wird Sie zu einem ganz neuen Kaplan machen, und das kann nur zu Ihrem Vorteil sein."

Mrs. Pring trat auf leisen Sohlen herein. „Sie haben Besuch, Father Neil."

Pfarrer Duddleswell sprang erregt auf. „Weib, wer sollte ihn jetzt besuchen wollen? Er kommt doch gerade erst aus dem Krankenhaus."

„Schwester Owen", verkündete Mrs. Pring feierlich.

Ich erhob mich. „Bitte treten Sie näher, Schwester."

„Kommen Sie herein, meine Liebe", setzte Mrs. Pring nach, „und fühlen Sie sich ganz zu Hause."

„Wir reden nachher beim Essen noch ein Wörtchen miteinander", sagte Pfarrer Duddleswell heiser. „Ich werde ... wohl ..." Er machte noch einen Versuch, seinen Mund zu öffnen, aber dann schien er sich entschlossen zu haben, erst später zu sagen, was er auf dem Herzen hatte.

Mrs. Pring hatte gerade den Tisch abgeräumt und stellte nun einen Pudding zum Nachtisch hin.

„Gut so, danke", sagte Pfarrer Duddleswell in einem Ton, als habe er jetzt lange genug gewartet, endlich klar Schiff zu machen. „Machen Sie sich jetzt ans Spülen und an die Arbeit, die in der Küche auf Sie wartet."

Mrs. Pring sagte beim Hinausgehen: „Wenn das

Wetter so wechselte wie seine Launen, dann hätten wir alle Wetter gleichzeitig."

„Sie wollten mir etwas sagen, Herr Pfarrer?" begann ich.

„Wie kommen Sie auf den Gedanken?"

„Also nichts, auch gut."

„Vielleicht wollen Sie selber mir etwas sagen?" fragte er, während er mir den Pudding reichte. „Da war doch etwas."

„O ja? Fragen Sie nur, ich antworte Ihnen gern."

„Diese gutaussehende Schwester, die zu Ihnen kam."

„Ach, Schwester Owen? Gutaussehend? Ja, ich glaube schon, daß man sie so nennen könnte. Haben Sie das also auch bemerkt?"

„Father Neil, es gibt da eine Sache, über die ich noch mit keinem Menschen gesprochen habe."

„Hat man Sie vor ein paar Jahren vielleicht mal wegen Trunkenheit am Steuer eingelocht?"

Er schüttelte den Kopf. „Schlimmer. Viel, viel schlimmer. Als ich gerade vierundzwanzig war ..."

„Also so alt wie ich jetzt."

„Ja, aber das ist reiner Zufall. Ich kam damals ins Krankenhaus, um mir den Blinddarm herausnehmen zu lassen."

„Aber das ist wirklich ein Zufall, Herr Pfarrer."

„Damals lief mir so eine hübsche Krankenschwester über den Weg." Er seufzte nachhaltig. „Furchtbar, was ich da mitgemacht habe."

„Ja, so eine Blinddarmoperation ist wirklich keine Kleinigkeit."

„Nein, diese Schwester hat mir die Schmerzen verursacht."

„Ach? Hat *sie* Ihnen den Blinddarm entfernt?"

„Father Neil, was ich Ihnen klarmachen will, ist, daß ich mich damals Hals über Kopf verliebt habe."

„Und? Hat die Schwester das als ebenso schmerzlich empfunden?"

„Ich glaube nicht, daß sie es überhaupt gemerkt hat. Aber die Jahre sind darüber hingegangen, und die Sache hat keine Narben zurückgelassen."

„Auch der Blinddarm nicht?"

Es war eine ungehörige Frage, und das wußte ich auch. Ich fühlte, daß Pfarrer Duddleswell seinen ganzen Mut aufwenden mußte, um mir sein Herz zu öffnen, auch wenn er dabei ein wenig listig zu Werke ging. Ich war gerührt. Warum hatte ich ihm überhaupt diese alberne Frage gestellt? Vielleicht weil ich ganz im Inneren meines Herzens fühlte, daß seine Befürchtungen berechtigter waren, als ich mir das selber einzugestehen wagte.

„Ich entschied mich, auf Gott und meine Berufung zu bauen, Father Neil", sagte er, und seine Augen wurden feucht. „Aber ich bedaure nichts, überhaupt nichts."

„Natürlich nicht", murmelte ich.

Jetzt sprach er ganz offen. „Sind Sie denn etwa nicht in Schwester Owen verliebt?"

Wie hätte ich das leugnen können? „Jeder Kranke verliebt sich wohl in eine Schwester, die ihn sorgsam pflegt, Herr Pfarrer. Sie sagten doch gerade, daß es Ihnen in meinem Alter ebenso ergangen ist."

„Dann reden Sie, junger Freund."

Ich legte den Löffel hin. „Es ist nichts zwischen ihr und mir, Herr Pfarrer."

Seinem erleichterten Seufzer folgte ein erstaunter Ausruf. „Aber warum in Gottes Namen ist sie dann hergekommen?"

„Sie möchte einen Mann heiraten, der nicht katholisch ist, und sie bat mich, ihm vor der Hochzeit alles Notwendige zu erklären."

Erschöpft ließ Pfarrer Duddleswell sich auf seinem Stuhl zurücksinken. „Sie werden hoffentlich nicht glauben, daß ich auch nur eine Sekunde lang an Ihrer Standhaftigkeit gezweifelt hätte?"

Jetzt übernahm ich die Rolle des Empörten. „Aber Herr Pfarrer, Sie haben doch wohl nicht geglaubt, daß ich ..."

Mrs. Pring platzte mit dem Tee herein. „Na, haben Sie ihm jetzt mal reinen Wein eingeschenkt, Father Neil?"

„Wie, was? *Die* weiß schon alles?" fuhr Pfarrer Duddleswell auf. „Soll das etwa heißen, daß Sie mich an der Nase herumgeführt haben, Father Neil?"

„Glauben Sie mir", flüsterte ich hinter vorgehaltener Hand, „ich werde kein Sterbenswörtchen darüber sagen, was Sie in meinem Alter mitgemacht haben."

Mrs. Pring stellte den Tee auf den Tisch und war so vernünftig, uns wieder allein zu lassen.

„Um Ihnen die Wahrheit zu gestehen, Father Neil, wir Iren sind nun einmal allesamt leidenschaftliche Geschichtenerzähler. Sie werden mir nicht böse sein, wenn ich Ihnen sage, daß ich meinen Blinddarm noch immer habe."

„Doktor Daley hat mir's erzählt."

„Wie, Donal ist auch eingeweiht?"

Ich bekannte ehrlich den ganzen Umfang der Verschwörung.

„Father Neil", sagte er gütig, „alles, was ich über Sie gesagt habe, waren eigentlich nur leere Worte. Ich habe es niemals so gemeint. Im Innersten meines Herzens war niemals eine Spur von Argwohn Ihnen gegenüber."

„Nein?"

„Schreiben Sie alles dem Umstand zu, daß ich Sie mag. Ich habe in meinem Leben schon eine ganze Menge mitgemacht."

„Das weiß ich, Herr Pfarrer", sagte ich kleinlaut.

„Wenn ich Sie verloren hätte, dann wäre ich mir vorgekommen wie ein einzelner Schuh."

„Nett, wie Sie das sagen, Herr Pfarrer."

„Geben wir uns die Hand darauf?"

„Gern."

Mein Ellenbogen ruhte bereits auf dem Tisch. Ich reichte die Hand hinüber. Er nahm sie und drückte ebenfalls den Ellenbogen auf den Tisch. Dann maßen wir unsere Kräfte. Ein stechender Schmerz in der Blinddarmgegend zwang mich zum Nachgeben, und er drückte meinen Handrücken auf die Tischplatte. Ich fürchtete schon, die Wunde könnte aufgeplatzt sein. Triumphierend wie ein Cowboy aus einem Western blickte er mich an.

„Sie haben allerhand Kraft in den Händen, Herr Pfarrer", sagte ich keuchend.

„Sie sollten eben niemals vergessen, Father Neil, daß einstweilen noch immer *ich* der Sheriff in unserer Gemeinde bin."

Wir grinsten uns an.

Bienen und Vögel

„Schau einer an, unser aufsässiger Luzifer!" Pfarrer Duddleswell hatte seine ganzen guten Vorsätze zum neuen Jahr offenbar schon wieder vergessen.

„Hören Sie, Herr Pfarrer", antwortete ich kurz und entschieden, „das kann ich einfach nicht machen."

Zum fünftenmal hatte ich ihm das jetzt schon erklärt, aber er ließ sich nicht beirren. Wie Mrs. Pring es schon mal gesagt hatte: „Der? Der könnte den Motten Mottenkugeln verkaufen, und einem Erzengel würde er sogar ohne weiteres ein Paar Wanderstiefel aufschwatzen."

Miss Bumple, die Rektorin der Volksschule, hatte Pfarrer Duddleswell darüber informiert, daß auf Anweisung des Erziehungsministeriums in einzelnen Schulen versuchsweise Sexualkundeunterricht gegeben werden sollte.

„Es handelt sich darum, Father Neil", hatte Pfarrer Duddleswell mir erklärt, „daß Sie den Neun- oder Zehnjährigen einmal das Grundlegende über die Geschlechter und das ganze Drumherum erklären."

„Großartig", sagte ich abweisend, ohne mir dabei über die Gewitterwolken im klaren zu sein, die sich drohend am Horizont abzeichneten.

„Wirklich? Na, egal – es wird jedenfalls darauf ankommen, daß Sie den Kindern zunächst einmal alles über die Bienen und die Vögel erzählen, ehe sie überhaupt merken, worauf Sie hinauswollen."

„Genau wie im Katechismusunterricht, Herr Pfarrer?" fragte ich grinsend.

„Naja, so ähnlich, irgendwie. Miss Bumple hat mir empfohlen, auch mal eine Schwester oder eine Hebamme dazu einzuladen."

Ich erklärte, daß mir das ganz vernünftig erschiene, aber er war anderer Meinung.

„Es kommt doch gar nicht darauf an, haarklein die anatomischen Details zu beschreiben. Sie müssen das Ganze mit einer gesunden katholischen Einstellung zum Geschlechtlichen verbinden."

„*Sie* müssen?" Die zweite Person Singular in seinem Satz ließ mich aufhorchen.

Er setzte den Keil niemals an der Spitze an. „Nein, Father Neil, *Sie*."

Das war die Stelle, an der ich mich wehrte und er mich einen aufsässigen Luzifer nannte, worauf ich sagte, daß ich das nicht machen könne. Völlig erfolglos, wie ich bereits andeutete.

„Sie haben doch selbst zugegeben, daß Sie das großartig finden, Father Neil. Sie sollten als Geistlicher wirklich mehr Selbstvertrauen haben. Ich werde mit Ihnen zusammen einmal zu einem zoologischen Fachgeschäft gehen, ehe Sie diesen kleinen Rangen die erste Unterrichtsstunde geben."

Nun, wenigstens sah er ein, daß er mich ohne das erforderliche Rüstzeug nicht auf die Kinder loslassen konnte.

Dann ging er an den Bücherschrank, blies eine Staubwolke auf und zog ein paar Schriften der Gesellschaft für Katholische Wahrheit heraus: *Katholik und Sexualität* und *Die Lehrmeinung des Heiligen Vaters über Ehe und Fortpflanzung.*

„Sind das neuere Bücher?" erkundigte ich mich vorsichtig, als ich sah, daß sie doch schon ziemlich abgegriffen waren.

„Gott sei Dank gibt es auch noch Dinge, die sich nicht jedes Jahr ändern", antwortete er ernst.

Außerdem versprach er mir, zwei Tiere im Zoogeschäft zu kaufen, mit deren Hilfe ich die Beziehungen zwischen den Geschlechtern praktisch demonstrieren könne.

In meinem Zimmer blätterte ich die Schriften nervös und neugierig durch. Über die menschliche Anatomie wußte ich kaum mehr als über das mittelalterliche Waffenarsenal. Irgendwie schienen mir beide einiges miteinander gemein zu haben. Die Druckwerke geizten nicht mit frommen Kernsätzen und Ermahnungen, enthielten jedoch weder Bilder noch irgendeine genaue Information.

Auch der *Kleine Katechismus* ließ mich im Stich. Unter „Tugenden und Laster" stand da zwar etwas über Lust und Sodom und Gomorrha, aber eindeutige Erklärungen fehlten. Die Erläuterungen zum sechsten Gebot verboten „alles, was der Reinheit der Seele in Blicken, Worten oder Taten entgegensteht". Unzüchtige Bücher und Tänze gehörten in diese Kategorie; es galt als „sündhaft, sie zu betrachten". Auch „unzüchtige Lieder, Theaterstücke und Bilder" wurden genannt, „denn sie bergen Gefahren für die Seele und verführen zur Sünde". Was sollte ich mit alledem bei Neun- und Zehnjährigen ausrichten können?

Da auch das *Katholische Hauslexikon* sich um alle eindeutigen Erklärungen herumdrückte, begab ich mich auf den Weg in die Volksbibliothek, um mir ein Handbuch der praktischen Medizin auszuleihen. Die junge Bibliothekarin, die sich mit einem offenbar besonders zähen Kaugummi abmühte, erklärte mir lakonisch, es sei dies ein Nachschlagewerk zum ausschließlichen Gebrauch in der Bibliothek. „Wenn einer das mitnehmen will, dann muß er es schon klauen", meinte sie.

Mit dem dicken Wälzer setzte ich mich in eine Ecke und kopierte verstohlen Zeichnungen und Ausdrücke wie „Samenleiter" – dieses Wort klang wenigstens noch gesellschaftsfähig – und „Eileiter". Dabei erfuhr ich vieles, das mich geradezu schockierte, so daß ich mir kaum vorstellen konnte, wie ich darüber zu den unschuldigen Kindern reden sollte.

Ich versuchte mich mit dem Gedanken zu trösten, daß Sexualität, Menstruation und Pubertät von Gott gegeben und deshalb gut seien. Meine Aufgabe bestand darin, wie Pfarrer Duddleswell sagte, den Kindern eine gesunde katholische Einstellung zum Geschlechtlichen zu vermitteln.

„Ist das ein Hamster, Father Neil?"

Unsicher betrachtete ich mir das Fell, die Pfoten und die dicken Backen des Tiers im Käfig. „Ich glaube schon, Herr Pfarrer."

„Dann werde ich ihn für Sie kaufen, Father Neil. Und auch das andere Tier im Käfig daneben."

Das andere Nagetier hatte sich in das Stroh eingewühlt. Nur die Nase und die Spürhaare waren zu sehen.

„Herr Pfarrer", flüsterte ich so leise, daß der Verkäufer es nicht hören konnte, „woher wollen Sie wissen, welches Tier männlich und welches weiblich ist?"

„Weiß ich auch nicht", flüsterte er zurück, „aber ich werde mich hüten, den Verkäufer danach zu fragen.

Außerdem sollen die Tiere ja nur verdeutlichen, daß sie einander mögen. *Mehr* brauchen sie nicht zu demonstrieren."

Sein Gesicht zeigte, daß er sich entschlossen hatte. Dann deutete er auf die beiden Nager und sagte: „Dieses Paar möchte ich haben. Packen Sie mir den Großen zusammen ein mit dem Kleinen, der sich da im Stroh versteckt."

„Wollen Sie wirklich beide zusammen in denselben Käfig stecken?" fragte der Verkäufer.

„Natürlich", antwortete Pfarrer Duddleswell. „Ich bin doch nicht prüde."

„Meinetwegen", meinte der Verkäufer und tat, wie ihm geheißen.

Am nächsten Montagmorgen begleitete Pfarrer Duddleswell mich mit dem Käfig zur Schule.

„Danke schön, Herr Pfarrer", sagte ich am Schultor bedeutsam.

„Ich danke *Ihnen*, Father Neil." Statt zurück nach Hause zu gehen, marschierte er mir voraus in die Klasse von Mrs. Hughes.

Das ging mir sehr gegen den Strich. Zuerst hatte er darauf bestanden, daß ich den Kindern diesen Sexualkundeunterricht geben sollte, und nun wollte er auch noch Zeuge meiner Demütigung werden. Die Gegenwart von Mrs. Hughes, einer hübschen jungen Frau, die vor kurzem geheiratet hatte, reichte völlig aus, mich zu verwirren.

Pfarrer Duddleswell und Mrs. Hughes setzten sich mit ihren Stühlen an die Wand, während ich mich ans Lehrerpult begab. „Katechismus, Frage zweihundertachtundzwanzig: ‚Sind wir verpflichtet, der Kirche zu gehorchen?"' Das erschien mir eine geschickte Eröffnung.

Dreißig aufgeregte Ärmchen zuckten auf.

„Nun, Philip?"

Philip sprang auf und deklamierte: „Wir sind verpflichtet, der Kirche zu gehorchen, weil Jesus Christus zu seinen Jüngern gesagt hat: ‚Wer euch hört, der hört mich, und wer euch ..."' Er zögerte. "‚... beachtet, der beachtet mich.'"

„Nein, nicht beachtet, Philip", sagte ich. „Wer weiß es?"

Der dicke Frank machte einen Verbesserungsvorschlag. „Betrachtet, Herr Kaplan. ‚Wer euch betrachtet, betrachtet mich.'"

Jimmy Baxter brachte den Satz endlich in Ordnung. „‚Wer euch verachtet, verachtet mich'", rief er eifrig.

Ich fuhr damit fort, die Gebote der Kirche zu besprechen, und machte das so langsam, wie ich es gerade noch vertreten konnte. Am Ende entschied ich, welche Kinder die Antworten am schnellsten aufgesagt hatten: Jimmy Baxter und Patricia, ein Mädchen mit großer Brille auf einer weit vorragenden Nase.

Ich rief die beiden nach vorn – eine Verzögerung, die meine Galgenfrist verlängerte – und warf eine silberne Dreipennymünze in die Luft, die den Sieger bestimmen sollte: Zahl für Jimmy, Kopf für Patricia.

Im selben Augenblick hörte ich einen Stuhl knarren und sah, wie Pfarrer Duddleswell nach dem Käfig langte. Zu meinem Pech schaute ich dabei nicht auf die hochgeworfene Münze, und als ich meinen Kopf hob, fiel mir diese direkt in den geöffneten Mund. Über die Zunge glitt sie mir in den Rachen, und instinktiv schluckte ich sie hinunter. Ich würde sie wohl frühestens in ein bis zwei Tagen bei entsprechender Gelegenheit wiederfinden können.

Ein paar Sekunden lang herrschte absolute Stille in der Klasse. Dann brach ein Tumult los.

„Wo ist sie geblieben?“

„Unser Kaplan kann zaubern.“

„War's jetzt Zahl oder Kopf?“

Patricia kreischte empört: „Der hat meine drei Penny aufgefressen.“

Am witzigsten war noch Deans Ausruf: „Der hat 's Maul grad da hingehalten, wo 's Geld hingefallen ist.“

Pfarrer Duddleswell kam nach vorn und überreichte mir den Käfig zusammen mit einer neuen Münze. „Werfen Sie die Hamster aber nicht in die Luft, Father Neil. Sie könnten dran ersticken.“

Jimmy gewann die nächste Verlosung und kehrte auf seinen Platz zurück. Patricia protestierte, indem sie behauptete, die erste Münze, die in meinem Mund gelandet war, sei aber mit der anderen Seite heruntergekommen, das habe sie ganz genau gesehen. Mrs. Hughes legte ihr den Arm auf die Schulter und tröstete sie, während ich mich erleichtert dem nächsten Thema zuwandte: Adam und Eva.

Am Anfang der Welt, so erzählte ich den Kindern, erschuf Gott den ersten Menschen. Aber da Adam sich einsam fühlte, ließ Gott ihn einschlafen, entnahm ihm eine Rippe und erschuf daraus die erste Frau. Danach fühlte Adam sich nicht mehr einsam. Er hatte jemanden, mit dem er sich unterhalten konnte, nämlich Eva, seine Frau.

Die erste Frage der Kinder ließ mich mit Schrecken ahnen, daß das Dreipennystück wohl das Leichteste gewesen war, das ich in dieser Woche zu schlucken bekommen sollte.

„Diese Eva, Herr Kaplan, war sie die Tochter von Adam?“ Auf Patricias Gesicht lag ein Zug, der ausdrückte, daß sie mir das verschluckte Dreipennystück schon noch heimzahlen wollte.

„Nein, Patricia.“

„Waren sie dann Bruder und Schwester?“

„Nein, Patricia.“

„Aber das müssen sie doch gewesen sein. Sie hatten ja denselben Vater.“

„Du meinst Gott?“ antwortete ich. „Das schon, aber sie hatten nicht dieselbe Mutter.“

Patricia blieb am Ball. „Das ist aber doch sehr ungehörig, Herr Kaplan“, meinte sie, „wenn man denselben Vater, aber nicht dieselbe Mutter hat.“

Ich erklärte, daß Adam und Eva überhaupt keine Mutter hatten, aber Patricia blickte mich schadenfroh an, weil sie meine Verlegenheit spürte.

Der dicke Frank fragte: „Waren Adam und Eva eigentlich katholisch, Herr Kaplan?“, und Robert kam gleich mit der nächsten Frage: „Waren sie miteinander verheiratet, Herr Kaplan?“

Ich wich der Frage aus. „In gewisser Hinsicht.“

„Was ist eine gewisse Hinsicht?“ hakte Patricia nach.

„Haben sie in der Kirche geheiratet?“ wollte Robert wissen.

„Nein, Robert.“

Dean Smiley, der größte Taugenichts der Klasse und demgemäß auch der Schrecken der Lehrer, konnte es sich nicht verkneifen zu bemerken: „Die Braut hat wohl weiße Feigenblätter getragen, was, Herr Kaplan?“

„Dean“, herrschte ich ihn an, wie er so dastand, die Socken auf den Knöcheln, die Strümpfe durchlöchert, die kurzen Hosen bis über die Knie und das rötliche Haar ungekämmt.

Dean blieb unbeirrt. „Meine Mama sagt, wie sie den Papa aufgegabelt hat, da hat sie ihm einen goldenen Ring durch die Nase gezogen."

„Dean!"

„Und mein Alter hat mal erzählt, daß der Adam seinen Arm um die Eva gelegt hat, und da hat sie ihm eine gelangt. Und da hat der Adam gefragt: ‚Warum haust du mir eine runter? Ich darf mich doch wohl noch an meiner eigenen Rippe kratzen?'"

Mrs. Hughes faßte Dean am Arm und zog ihn in die Ecke der Klasse, wo er für den Rest der Stunde mit dem Gesicht zur Wand stehen bleiben mußte. Von Zeit zu Zeit blickte er über die Schulter und brummte laut und vernehmlich: „So was Langweiliges hier. Scheißlangweilig."

Patricia kam hinterhältig auf eine Katechismusfrage zurück, die wir vor kurzem besprochen hatten. „Die Kirche lehrt aber, daß es eine Sünde ist, wenn man ohne einen Priester heiratet."

„Patricia, zu jener Zeit gab es noch gar keine Priester", sagte ich so freundlich, wie ich konnte. Ich wünschte mir nur, ich hätte ihr die erste Dreipennymünze gleich in die Hand gedrückt. „Adam und Eva waren auch nicht miteinander verwandt. Es wäre natürlich Sünde gewesen, wenn sie als Bruder und Schwester einander geheiratet hätten."

Patricia grinste verschlagen. „Ach so, dann haben also ihre Kinder gesündigt, weil sie einander als Brüder und Schwestern geheiratet haben."

Ich schaute verzweifelt zur Decke, aber da stand die Antwort natürlich auch nicht geschrieben. Noch nie hatte ich über dieses Problem nachgedacht. Ganz klar, wenn Adam und Eva die einzigen Ahnen der menschlichen Rasse waren, dann mußte es am Anfang zwangsläufig ein bißchen Inzest gegeben haben.

„Seht euch mal diese Hamster hier an“, sagte ich ablenkend.

„Sind Sie eigentlich gern allein, Herr Kaplan?“ Barbara, ein Ausländerkind mit großen, mandelförmigen braunen Augen sorgte sich um mich. „Sogar Tarzan hatte eine Freundin.“

„Ich bin ja nicht allein“, erwiderte ich einigermaßen erschöpft. „Ich lebe doch zusammen mit –“

Mitten im Satz hielt ich inne, als ich sah, daß Pfarrer Duddleswell bedächtig den Kopf schüttelte.

„Also seht euch mal diese Hamster an“, sagte ich, einen zweiten Anlauf nehmend. „Ein Männchen und ein Weibchen. Sie leben zusammen. Es ist nicht gut für Hamster, wenn sie allein sind. Sie lieben einander, und aus dieser Liebe entstehen wieder kleine Hamsterchen. Gott hat zu allen Lebewesen gesagt: ‚Vermehret euch und bewohnt diese Erde.‘“

Die Klasse war jetzt mucksmäuschenstill. Selbst Patricia schien Mitleid mit mir zu haben, denn sie spürte wohl, daß die Sache für mich nicht gerade günstig stand.

„So, Kinder“, schloß ich. „Ich danke euch, daß ihr heute so lebhaft am Unterricht teilgenommen habt.“

Dann ging ich zu Dean hinüber und legte ihm die Hand auf die Schulter. Ich war überzeugt, daß er in sich gegangen war. „Geh jetzt wieder auf deinen Platz, Dean.“

„Herr Kaplan, kennen Sie den, wie der Adam –“

„Nein, danke schön, Dean.“

„Wie die Eva dann unter einem Baum gehockt hat, und –“

„Nein, Dean." In Wirklichkeit plagte mich die Neugier, aber ich wollte das vor den Kindern verbergen. „Kinder", sagte ich, „paßt für mich auf die Hamster auf. Gebt ihnen Futter und Wasser. Morgen werden wir da fortfahren, wo wir heute stehengeblieben sind."

Wir beteten noch, und dann ging ich zusammen mit Pfarrer Duddleswell aus dem Klassenzimmer.

„Nun, Herr Pfarrer", seufzte ich auf dem Heimweg, „wie sehen Sie den Verlauf?"

„Ich verstehe jetzt wenigstens, was der Herr meinte, als er sagte: ‚Wer sein Kreuz nicht nimmt, ist meiner nicht wert.'" Eine Weile später sagte er: „Father Neil, Sie schulden mir noch etwas."

Ich nickte. „Ja, ich geb's Ihnen nachher zurück."

„Ach was, doch nicht die drei Penny. Die können Sie behalten."

„Wo ist denn der andere Hamster, Missis Hughes?"

Pfarrer Duddleswell war so gnädig gewesen, mich diesmal allein gehen zu lassen. Ich fühlte mich ein wenig selbstsicherer, als ich auf den einsam in seinem Käfig vor sich hin knabbernden Nager deutete.

Mrs. Hughes faßte mich sanft am Arm. „Das war kein Hamster, Herr Kaplan. Ich nehme an, daß das kleinere Tier eine Maus gewesen ist."

„Gewesen ist?"

„Der Hamster hat es aufgefressen."

Das paßte ja gut zu den gestrigen Themen Einsamkeit und Vermehrung.

Nachem ich das Pensum aus dem Katechismus rasch hinter mich gebracht hatte, wandte ich mich meiner eigentlichen Aufgabe zu. „Nun, liebe Kinder, ihr werdet natürlich nicht euer ganzes Leben lang kleine Jungen und Mädchen bleiben. Ihr werdet erwachsen und –"

Johnny, der aus Jamaika stammte, unterbrach mich. „Herr Kaplan, wenn ich groß bin, dann will ich Tarzan werden."

„Ich will entweder eine große Schlange oder ein Polizist werden", rief Dean. Er war noch ebenso vorlaut wie am Vortag.

„Und warum, Dean?" fragte ich müde. „Erzähl's uns."

„Dann kann ich meinem Vater mal einen ordentlichen Schrecken einjagen."

Jimmy Baxter, Deans bester Freund, sagte: „Hören Sie nicht auf ihn, Herr Kaplan. Der will sich bloß wichtig machen, weil er sonst nix kann."

Mary Fitzgerald, ein mageres, hochaufgeschossenes Mädchen, erhob sich in einer langsamen Schleichbewegung aus seiner Bank. „Wenn ich groß bin, Herr Kaplan, dann will meine Mami, daß ich ganz, ganz heilig werde."

„Eine Heilige also, Mary?"

Sie schüttelte den Kopf. „Nein, viel, viel mehr, Herr Kaplan."

„Was kann denn noch heiliger sein als eine Heilige, Mary?" fragte ich erstaunt.

„Wenn ich groß bin, dann will meine Mami, daß ich die Jungfrau Maria werde."

Ich nahm die Zügel wieder etwas fester in die Hand. „Wenn ihr erwachsen seid, Kinder, dann werdet ihr Männer und Frauen sein. Und ihr werdet nicht immer allein bleiben wollen. Ihr werdet heiraten. Und dann werdet ihr selber Väter und Mütter."

Lucy Mary wollte sich wichtig machen. „Meine

Mami ist zum Zahnarzt gegangen, um sich eins ziehen zu lassen."

Ich wollte gerade erklären, daß die Frauen ihre Kinder nicht vom Zahnarzt gezogen bekämen, als Dean wieder dazwischenplatzte. „Warum lassen Sie nicht mal ein Baby herkommen, damit es uns erzählen kann, wo es herkommt? Das wird's doch wohl am besten wissen."

Burt sagte: „Meine Mami hat mich ein paar Jahre lang im Bauch rumgetragen, und dann hat ein Stationsvorsteher im Krankenhaus ihr den Reißverschluß aufgemacht und mich rausgelassen."

Debbie stand auf. „Mein Papi hat gesagt, daß ich als ganz kleiner Samen angefangen habe zu leben, Herr Kaplan. Darum bin ich auch richtig froh, daß ich keine Blume und kein Baum geworden bin."

Gleich darauf sprang Sean auf. „Wissen Sie, was, Herr Kaplan? Wenn unser Baby brüllt, dann schiebt meine Mutter es sich in die Bluse."

Rebecca nahm den Faden auf. „Meine Mama läßt das Baby Milch aus ihrem Bauch trinken."

„Meinethalben", seufzte ich verzweifelt.

„Aber Papa kann das nicht. Der macht's mit der Flasche", fuhr Rebecca fort.

„Wie unser Dicky geboren wurde", rief Dean ausgelassen dazwischen, „da haben wir ihn gleich in die Kirche gebracht."

„Gut", sagte ich, obwohl mir der Gedanke schon jetzt fürchterlich erschien, daß in wenigen Jahren ein weiteres Mitglied dieser Familie zu meinem Plagegeist werden könnte.

„War überhaupt nicht gut, Herr Kaplan", rief Dean. „Der alte Pfarrer Duddleswell hätte ihn im Taufbecken fast ersäuft."

Rufe wie „Idiot“ und „Blödmann“ wurden laut, als sich eine dunkle Stimme mit leichtem Akzent vernehmen ließ. „Ich hab’ schon mal gesehen, wie ein Baby geboren wurde.“

Es war ein Zigeunerjunge, schmächtig und von dunkler Hautfarbe, der da sprach. Er hieß Ross, aber niemand wußte, ob das nun sein Vor- oder sein Familienname war. Nach Weihnachten war Ross zum erstenmal zur Schule gekommen, und jetzt hatte er, in meiner Gegenwart, das erste Wort gesagt.

„Was hast du gesagt, Ross?“ fragte ich in die Stille hinein, die sich plötzlich über die Klasse gelegt hatte.

„Ich hab’ mal gesehen, wie ein Baby geboren wurde. Einmal.“

Ich war wie vom Schlag gerührt. „Tatsächlich?“ fragte ich und vergaß, meinen Mund wieder zu schließen.

„Im Sommer. Unter einem Baum.“

„Unter einem Baum.“ Dreißig Stimmen wiederholten das gleichzeitig, und sie klangen wie das Säuseln eines Windes.

Aller Augen schauten auf Ross in der Eckbank.

„Wie war das denn?“

„Wie soll’s denn schon gewesen sein? Alle Babys sehen doch gleich aus. So’n Quatsch!“

„Ich meinte, wie das geschah.“

Man hätte eine Stecknadel fallen hören können. „Tut sehr weh“, sagte Ross.

„Aaah“, machte die Klasse.

„Und dann hat das Baby nicht geatmet.“

Auch die Kinder hielten den Atem an.

„Das Baby war ganz weiß. Bloß das Gesicht war ganz dunkel.“

„Aaah“, seufzte die Klasse wieder.

„Sein ganzer Kopf war dunkel und gespannt wie eine Männerfaust. Sie haben ihm hintendrauf gegeben, immer härter haben sie geschlagen, aber das Baby hat nicht geatmet."

„Aaah", bezeugte die Klasse ihr Mitleiden.

„Wenn's eine ganze Stunde lang nicht atmet, hat einer gesagt, dann atmet es nie, überhaupt nie. Deswegen hat sein Vater es dann in eine Kiste gelegt. Wie'n Streichholz."

„Wie ein Streichholz?"

„Naja, der Mutter haben sie nix gesagt. Sie haben gesagt: ‚Netter Kerl, der Kleine. Ein Junge, und so.'"

„Ein Junge?"

„Aber er war gar kein Junge. Auch kein Mädchen. Er war bloß tot."

„Haben sie der Mutter das denn nicht gesagt?" wollte Patricia wissen.

„Später schon. Sie haben gesagt, daß der liebe Gott gekommen ist und den Kleinen mitgenommen hat." Ross schüttelte seinen Lockenkopf. „Stimmt aber gar nicht. Ich hab' nämlich die ganze Zeit genau hingesehen, und da ist keiner gekommen, auch kein Gott."

„Und was hat die Mami von dem Baby gesagt, wie sie das gehört hat?" fragte Lucy Mary.

„Dem Herrn sei Dank für seine Güte, hat sie gesagt."

„Und du, Ross?" fragte ich ihn. „Was hast du gedacht?"

Aus irgendeinem unerklärlichen Grund stand Ross jetzt auf. Vielleicht wollte er damit die Bedeutung dessen unterstreichen, was er jetzt sagen wollte. Zweifellos wirkte er plötzlich wie eine Persönlichkeit. Der kleine Kerl schaute mich an wie ein großer Baum, der vom Hügel ins Tal blickt.

„Ich habe zu Gott gesagt, ich hoffe, er ist selber eines Tages mal ganz weiß und so dunkel im Gesicht."

„Setz dich, Ross", sagte ich nachsichtig. „Und danke schön."

Es war kurz vor der Pause; deshalb betete ich mit den Kindern. Dann ging ich zu Mrs. Hughes ins Zimmer, um dort eine Tasse Tee zu trinken.

Mrs. Hughes, eine hübsche junge Frau mit einem knabenhaft kurzen Haarschnitt und dunklen Augen, war zwar nicht katholisch, aber wir kamen recht gut miteinander aus.

„Erzählen Sie mir etwas mehr über ihn", sagte ich.

Nach ihren Worten war Ross ein echter Zigeunerjunge. Ein Beamter vom Jugendamt hatte ihn in einem der Wohnwagen angetroffen, in denen die Zigeuner hier die Wintermonate verbrachten. Er hatte der Mutter von Ross erklärt, der Junge müsse zur Schule gehen.

„Er erscheint mir aber ein wenig zu alt für Ihre Klasse", wandte ich ein.

„Das wurde mir leider heute erst klar, als er zu sprechen begann. Seine Mutter – sie ist übrigens Witwe – weiß nicht genau, wie alt er eigentlich ist. Die Leute vom Jugendamt hatten ihn nach seiner Körpergröße beurteilt. Deshalb wurde er zu mir in die Klasse geschickt."

„Und auf welches Alter schätzen Sie ihn?"

„Vielleicht zwölf oder dreizehn. Ich weiß nur eines ganz gewiß: Er verabscheut die Schule. Was er gesagt hat, war nicht nett –"

„Ich fand's großartig."

„Sie wissen, was ich meine. Ein Kind hätte bei so etwas nicht zuschauen dürfen. Aber was ich eigentlich sagen wollte: Sie sind der erste, der ihn dazu gebracht hat, in der Klasse zu reden."

Ich mußte schmunzeln. „Vielleicht trägt mein Sexualkundeunterricht am Ende doch noch Früchte."

Die Überraschungen des nächsten Tages begannen mit dem Frühstück. Es gab nämlich keins.

„Missis Pring hat sich heute morgen noch nicht gerührt, Father Neil. Nicht einmal so ein kleines bißchen, wie sie das doch sonst wenigstens tut." Pfarrer Duddleswell blickte mich über seinen leeren Teller hinweg an. „Ich werde sie rausschmeißen, darauf können Sie sich verlassen."

„Vielleicht ist sie krank."

Aber dieser Gedanke war ihm auch schon gekommen, das erkannte ich an seinem sorgenvollen Gesicht.

„Würde es Ihnen etwas ausmachen, einmal nach ihr zu sehen, junger Freund?"

Ich stieg die Treppen hinauf und rief: „Missis Pring! Missis Pri-ing!" Keine Antwort. Doch glaubte ich etwas in ihrem Zimmer zu hören. Ich klopfte, und da ich wieder keine Antwort erhielt, trat ich ein.

Mrs. Pring saß im Morgenrock vor einer Art Hausaltar, der von Kerzen erleuchtet wurde. Sonst war kein Licht im Zimmer, aber auch im Kerzenschein konnte ich erkennen, daß sie ein Blatt Papier in der Hand hielt. Auf dem Altar standen ein Kruzifix, ein kleines Herz-Jesu-Bildnis und die blaßgraue Fotografie eines Soldaten, in Silber gerahmt.

„Missis Pring", sagte ich schuldbewußt, weil ich in ihre Privatsphäre eingedrungen war.

„Ja?"

Sie wandte sich zu mir um, und ich sah, daß ihre Augen geschwollen waren.

„Sind Sie krank? Soll ich den Arzt kommen lassen?"

Sie schüttelte den Kopf. „Wird schon wieder gut werden, Father Neil. In ein oder zwei Stunden. Machen Sie sich keine Sorgen."

Verwirrt kehrte ich zu Pfarrer Duddleswell zurück, um ihm zu berichten, was ich gesehen hatte. Und ich glaube, daß er ahnte, was mit seiner Haushälterin los war.

„Ich werd' ihre Tochter mal anrufen", brummte er.

Ehe eine Stunde vergangen war, stand Helens Kleinwagen vor der Tür. Anderthalb Stunden lang blieb sie bei ihrer Mutter im Zimmer; danach ging sie zu Pfarrer Duddleswell ins Arbeitszimmer. Ehe er die Tür hinter ihr schloß, hörte ich noch, wie Helen mit heiserer Stimme geheimnisvoll sagte: „Sie hat eine Botschaft von meinem Vater erhalten."

Was sollte das bedeuten? Mr. Pring war doch schon seit über dreißig Jahren tot. Er war im Ersten Weltkrieg gefallen.

Aber ich konnte nicht mehr bleiben, um auf die Entschlüsselung dieses Rätsels zu warten, denn meine nächste Sexualkundestunde in der Schule stand bevor.

Und da herrschte ebenfalls ein großes Durcheinander. Ich bekam gleich zu hören, daß jetzt auch der Hamster verschwunden sei. Irgend jemand – der Hauptverdächtige war natürlich Dean – hatte die Käfigtür geöffnet, und Harry, wie wir unseren Hamster genannt hatten, war verschwunden. Im Grunde ließ es mich ziemlich kalt, daß dieser Kannibale fort war.

Sofern Dean tatsächlich der Übeltäter war, verstand er es jedenfalls meisterhaft, seine Schuldgefühle zu verbergen. „Unser Hund ist letzte Woche auch abgehauen, Herr Kaplan“, sagte er.

Ich wartete darauf, daß er seinem Bericht, wie üblich, die Pointe folgen ließ.

„Und dann ist er unter einen Lastwagen gekommen. Er hat keinen Pieps mehr gemacht.“

Der dicke Frank steuerte ebenfalls etwas bei. „Wir können uns keinen Hund halten, Herr Kaplan, weil Hunde gegen meinen Vater allergisch sind.“

„Ich mag Hunde“, flüsterte die zartbesaitete Lucy Mary. „Hunde sind die einzigen Leute, die nett zu Flöhen sind.“

„Unser Hund ist acht Jahre alt“, bemerkte Patricia, vielleicht nur um mir zu beweisen, daß sie mir verziehen hatte, „und der kann noch immer nicht richtig laufen. Aber springen kann der vielleicht!“

„Wir haben einen im Garten“, mischte Dean sich jetzt wieder ein, „der bellt so leise, daß man’s gar nicht hören kann.“

Mit meiner Naivität war ich Dean nicht gewachsen. Aufmunternd fragte ich ihn: „Was für einen habt ihr in eurem Garten, dessen Bellen man nicht hören kann?“

„Einen Apfelbaum, Herr Kaplan.“

Das jubelnde Kreischen der Kinder brach jäh ab, als die Rektorin das Klassenzimmer betrat. Die Jungen und Mädchen sprangen auf, als sei der liebe Gott persönlich hereingekommen.

„Kinder“, keuchte Miss Bumple so erschöpft, als sei sie zuvor zehn Runden um das Schulhaus gerannt, „es ist etwas passiert, eine ganz entsetzliche Ungeheuerlichkeit, und ich will nur hoffen, daß das niemals wieder geschieht.“

Durch das Fenster konnte man ein zorniges Stimmengewirr hören, vermutlich von den Leuten, deren Gärten an den Schulhof grenzten. Miss Bumple deutete mit dem nikotinbraunen Zeigefinger zum Fenster hinaus.

Jemand – wahrscheinlich eines unserer Schulkinder – hatte es sich in den Kopf gesetzt, über die Hekken in die Gärten der Schulnachbarn zu steigen.

„Und was hat er oder sie da wohl gemacht?" rief Miss Bumple mit anklagender Stimme. „Ein riesiger Schaden ist angerichtet worden! Und zwar ausgerechnet an völlig wehrlosen Tieren. Kurz gesagt, irgend so ein zweifelhafter Witzbold hat die Halsketten der Hunde losgemacht und hat Kaninchen und Hühner aus den Ställen gelassen."

Sie gab ihrer Gewißheit Ausdruck, daß diese „entsetzliche Ungeheuerlichkeit" sich nicht wiederholen würde; anderenfalls müsse sie die Polizei benachrichtigen.

Nach dieser Drohung stampfte die Rektorin mit zornfunkelnden Augen hinaus, um dasselbe Donnerwetter über der nächsten Klasse niedergehen zu lassen.

Ernsthaft sah ich den leeren Hamsterkäfig an und deutete mit dem Finger – allerdings nur in Gedanken – auf Dean, den Taugenichts unserer Klasse.

Sofort nach meiner Rückkehr ins Pfarrhaus ging ich zu Pfarrer Duddleswell ins Arbeitszimmer.

„Wie geht's Missis Pring?" fragte ich.

Er zuckte die Schultern und hob beide Hände gen Himmel. Seine Augen wirkten müde, und sein Gesicht hatte die Farbe eines ausgebrannten Feuers.

„Soll ich mal zu ihr gehen?"

„Sie ist weg, Father Neil."

„Was?" Ich hatte Mühe, die Fassung zu bewahren.

„Nur ein paar Tage lang, zu Helen. Verstehen Sie?"

Ich verstand es nicht. „Nein, aber ich hörte noch, wie Helen etwas sagte, daß ihre Mutter eine Botschaft ihres Mannes erhalten habe."

Er erklärte es mir. Mrs. Pring hatte ihren Gatten nur kurze Zeit gekannt. Im Krieg waren sie während eines Kurzurlaubs getraut worden. Gestern war wieder sein Geburtstag gewesen. An diesem Tag pflegte Mrs. Pring jedes Jahr die Briefe ihres Mannes zu nehmen und sie noch einmal durchzulesen.

Einen bestimmten Brief bewahrte sie stets auf ihrem Hausaltar auf: ihren eigenen letzten Brief an ihren Mann. Als er gefallen war, wurde dieser Brief ihr ungeöffnet zurückgeschickt. Dies war der Brief, in dem sie ihm mitgeteilt hatte, daß ein Kind – Helen – unterwegs sei.

Ich sagte, daß ich das alles bereits wisse, denn Mrs. Pring hatte es mir selbst erzählt.

„Tja, die Sache ist nun so, Father Neil: Als sie den Brief auf dem Altar gestern in die Hand nahm, bemerkte sie, daß der Umschlag offen war. Die Gummierung hatte sich gelöst. Und dann – war es klug oder dumm, wer kann das schon beurteilen? – entschloß sie sich, den Brief zu lesen."

Es fiel Pfarrer Duddleswell schwer, jetzt weiterzuerzählen.

„Zu ihrer Überraschung mußte sie feststellen, daß ihr Mann den Brief tatsächlich gelesen hatte. Wahrscheinlich hatte er den Umschlag danach wieder versiegelt, ehe die Schlacht begann."

„Und woran will sie das erkannt haben?"

„Weil er an den Rand des Briefes, direkt neben die

Stelle, in der sie ihm über den zu erwartenden Nachwuchs schrieb, eine Bleistiftnotiz gemacht hatte. Undeutlich gekritzelt zwar, aber sie gibt dennoch einen Hinweis."

„Ja?"

„Wunderbar." Er senkte den Blick. „Nur dieses eine Wort. ‚Wun-der-bar.'"

Schweigend ging ich hinaus.

Am Mittag aßen wir im Hotel Clinton. Pfarrer Duddleswell kündigte an, daß er das Abendessen machen wolle. Nachdem wir ins Pfarrhaus zurückgekehrt waren, stellte er auf dem Tisch stolz alles zusammen, was er für sein Mahl benötigte: Lammbrust, Erbsen, Kartoffeln sowie Obst für einen Obstsalat zum Nachtisch. Aber während er noch mit den Vorbereitungen beschäftigt war, ertönte aus der Küche ein Donnerschlag, und bald darauf zog ein Gestank von Verbranntem durch das Haus. Ich wunderte mich weiter nicht, als es dann Spiegeleier auf Toast mit Dosenerbsen zu essen gab.

„Einfach eine himmlische Ruhe in diesem Haus, wenn dieses streitlustige Huhn mal außerhalb ist", sagte er mit vollem Mund.

„Ja", sagte ich anstandshalber.

„Trotzdem fehlt sie mir, Father Neil. Ich komme mir vor wie ein Beinamputierter. Das fehlende Bein schmerzt, auch wenn es gar nicht da ist."

Es war das netteste Kompliment für Mrs. Pring, das ich bis jetzt von ihm gehört hatte.

„Ihr Mann hat es also noch erfahren", sagte ich zögernd.

„Ja, und die arme Frau glaubte dreißig Jahre lang,

daß er es nicht gewußt habe." Sein Blick ging ins Unendliche. „Wenigstens war er in dem Augenblick, in dem die Kugel ihn traf, ein glücklicher Mann. Ich freue mich für die arme Frau. Wenn sie den ersten Schock überwunden hat, wird es ihrem Herzen ein Trost sein." Er putzte sich die Nase, dann kehrte er mit beiden Beinen auf die Erde zurück. „Was haben Sie eigentlich an meiner Kocherei auszusetzen, Sie Nörgler? Sie essen ja kaum!"

„Die leckerste Lammbrust, die ich je gegessen habe", spottete ich, während ich mir einen Bissen kaltes Spiegelei auf windelweichem Toast in den Mund schob.

Er runzelte die Stirn und fragte mich, wie es in der Schule gewesen sei.

Zunächst erzählte ich ihm, daß ich von meinem eigenen Geld ein Paar Tauben gekauft hatte, mit denen ich den Kindern „Vater und Mutter" und den Unterschied zwischen beiden demonstrierte.

„Und was sagten die Kinder dazu?"

„Debbie sagte, ihr Vater habe eine Glatze, dafür aber Haare auf der Brust, während ihre Mutter einen Wuschelkopf habe, ihre Brüste aber glatzköpfig seien. Und Sean sagte, er finde seine Mutter viel schöner, als den Vater, weil sie viel dicker sei."

Pfarrer Duddleswell grinste und strich sich über den Bauch.

„Und Johnny stand auf", fuhr ich fort, „und sagte: ‚Herr Kaplan, können Sie nicht mal zu meiner Mutter kommen und ihr Bescheid sagen? Sie sagt immer, Weißkohl ist gesund für mich, aber ich find' ihn zum Kotzen.'"

„An Ihnen ist ein erstklassiger Schauspieler verlorengegangen, Father Neil. Wissen Sie das eigentlich?"

„Und Sie sind ein Meister im Verkohlen, Herr Pfarrer. Egal, jedenfalls gab Rebecca noch folgendes zum Besten: ‚Die Engel sehen genauso aus wie meine Mama, wenn sie abends ins Bett geht.‘“

„Dann tut mir ihr Vater leid. Und wie war's mit unserem speziellen Freund, Dean Smiley?“

Ich machte aus meinem Ärger keinen Hehl. „Miss Bumple kam heute wieder in die Klasse und sagte, die Nachbarn hätten sich darüber beschwert, daß jemand die Tiere herausgelassen habe.“

„Wie unangenehm. Und was sagte Dean dazu?“

„Als erstes informierte er mich darüber, daß sein Vater sein Geld durch Schwarzarbeit verdiene, und dann, daß seine Schwester bald unter die Haube kommen müsse, damit sie kein uneheliches Kind bekomme.“

Pfarrer Duddleswell lachte laut auf. „Mit diesem Dean werden Sie noch manche Überraschung erleben, mein Lieber. Aber keine Sorge: Nicht alles, was sich früh krümmt, wird später auch ein Häkchen.“

„Morgen ist der letzte Tag“, sagte ich erleichtert. „Miss Bumple hat sich damit einverstanden erklärt, daß ich mit der Klasse dem Vogelhaus einen Besuch abstatte.“

„Und wann wollen Sie ins Affenhaus gehen?“

„Mir reicht das Geflügel schon“, grinste ich.

„Na, egal, Father Neil, ich freue mich jedenfalls darüber, daß Ihr Experiment gelungen ist.“

Meinte er das nun ironisch? „Wieso, Herr Pfarrer?“

„Weil es sich damit einwandfrei erwiesen hat, daß die ganze Geschichte mit dem Sexualkundeunterricht ein ausgemachter Blödsinn ist.“

Ich verzichtete auf eine Antwort.

Trotz seines Sträubens bestand ich darauf zu spülen. Als ich die Küche betrat, klebten überall an den Wänden und an der Decke Kartoffeln und Erbsen.

„War Dean vielleicht hier?“ fragte ich erstaunt.

„Sie erinnern sich doch noch an den Schnellkochtopf, den ich Missis Pring zu Weihnachten geschenkt hatte ...“, sagte er nur.

Als ich um elf Uhr am Vogelhaus von Fairwater ankam, warteten die Kinder schon.

Mrs. Hughes nahm mich zur Seite. „Halten Sie die Augen offen, Herr Kaplan. Heute morgen hat doch schon wieder einer den Käfig in der Schule geöffnet. Die Tauben sind weggeflogen.“

Ich versprach zwar, wachsam zu sein. Aber wie sollte ich dreißig lebhafte Kinder im Auge behalten können? Deshalb beschloß ich, mich auf den Hauptverdächtigen zu konzentrieren.

„Wo ist Dean?“ fragte ich Patricia.

„Keine Ahnung, Herr Kaplan.“

Der Ärger ging schon los. Ich überließ die Kinder sich selbst und rannte von Raum zu Raum, suchte zwischen den Käfigen und schließlich draußen im Freien. Ich lief an Papageien und Kakadus vorbei, an Hähern und Drosseln, Enten, Störchen, Reihern, einem Adler und Hunderten anderer gefiederter Gesellen, aber weit und breit sah ich keinen Dean Smiley.

Ein Hoffnungsschimmer keimte als Trost in mir auf: Vielleicht hatte Dean heute die Schule geschwänzt? Doch plötzlich faßte ein zornfunkelnder Wärter mich am Arm.

„Sagen Sie mal, gehören diese Schulkinder etwa zu Ihnen, Herr Pfarrer?“

Ich nickte.

Er nahm sich verlegen die Mütze vom Kopf, aber er konnte seinen Zorn nicht beherrschen. „Das ist unerhört. Eine Riesenschweinerei. Sabotage ist das, Herr Pfarrer."

Er hatte bereits drei wertvolle Vögel eingefangen, die außerhalb ihrer Käfige herumflatterten, und wer weiß, was die Kinder sonst noch angestellt hätten.

Ich murmelte hastig eine Entschuldigung, rannte zu Mrs. Hughes und bat sie, die Kinder rasch zusammenzurufen – Dean war, wie ich sah, nicht unter ihnen – und unverzüglich mit ihnen in die Schule zurückzukehren. Später würde ich ihr alles erklären.

Danach begleitete ich den Wärter auf seiner Runde, um das Ausmaß des Schadens festzustellen.

Dean war ein flinkes Kerlchen. Sechzehn Vögel waren aus den Käfigen heraus. Sieben von ihnen konnten wir mit vereinten Kräften wieder einfangen; aber der Rest, der nach den Worten des Wärters einige hundert Pfund wert war, mußte als verloren angesehen werden.

Der Direktor des Vogelhauses, Mr. Brandon, war inzwischen benachrichtigt worden. Ich stimmte seiner Ansicht zu, daß die Polizei von dem Vorfall unterrichtet werden müsse; sollte es sich dabei herausstellen, daß einer unserer Schüler hier einen üblen Streich gespielt hatte, dann habe die Schule wohl oder übel für den Schaden aufzukommen.

„Sehen Sie mal her", sagte der Wärter. „Reiner Wandalismus."

Er zeigte mir eine Goldamsel, der man den Hals umgedreht hatte. Sie war noch warm.

Ich bat ihn, mir den Vogel zu überlassen, damit ich ihn meinem Vorgesetzten, Pfarrer Duddleswell, zeigen könne. Der Wärter steckte ihn in einen kleinen Karton, den er mir mit gerunzelter Stirn übergab.

Ehe ich ins Pfarrhaus zurückkehrte, rannte ich voller Wut zum Haus von Deans Eltern. Ich hoffte, daß er gleich nach Hause gegangen war, und wollte ihm einen gehörigen Denkzettel verpassen.

Sein Vater, der Schwarzarbeiter, öffnete mir die Tür. Barfüßig, in zerrissener, schmuddeliger Kleidung stand der Mann vor mir. Aber er war keineswegs der wilde Schlägertyp, als den ich ihn mir vorgestellt hatte.

„Mister Smiley?“ keuchte ich.

Er bat mich zwar nicht, einzutreten, aber er schien auch nichts gegen meinen Besuch zu haben. „Ja, Chef.“ Ach ja, fiel mir ein, er war kein Katholik.

„Ich komme wegen Dean.“

Mr. Smiley kratzte sich am Kopf. „Hat er mal wieder was ausgefressen?“

„Ja“, behauptete ich. „Kann ich mal mit ihm reden?“

„Nein, Chef.“

Ich holte tief Luft. „Und warum nicht?“

„Na, Sie wollen's doch nicht auch noch kriegen?“

„Was kriegen?“

„Na, die Grippe natürlich.“

Mr. Smiley erklärte mir, Dean sei gestern mit vierzig Grad Fieber aus der Schule gekommen. „Ich bin gleich mit ihm zum Arzt gefahren, und der hat gesagt, daß Dean für ein paar Tage ins Bett muß.“

„Ach so? Das war's also?“ sagte ich erschöpft.

„Find' ich aber schön, daß Sie mal nach ihm sehen kommen.“ Und ehe er die Tür schloß, sagte er noch: „Der weiß gar nicht, daß Sie ihn so gut leiden können.“

Aber ich wollte mich nicht zum Narren halten lassen. Deshalb rief ich Dr. Daley an. Obwohl er mir sagte, daß er seine Patientenkartei nicht im Kopf herumtrage, wußte er doch mit Sicherheit, daß er niemanden mit dem Namen Smiley behandelt habe.

Ich ging zur Schule, und dort erklärte mir Mrs. Hughes, daß Mr. Smiley die Wahrheit gesagt habe.

„Jemand hat Ihnen einen Bären aufgebunden, Missis Hughes."

„Mein Mann, Herr Kaplan."

„Wieso Ihr Mann?"

„Mein Mann ist Arzt, und er hat zu Dean gesagt, daß er ein paar Tage lang das Bett hüten muß."

„Ach? Tatsächlich?" stotterte ich nur verlegen.

Auf der Wiese vor der Schule fand ich später etwas, das mich anwiderte, aber ich nahm es mit dem Taschentuch auf und legte es zu dem toten Vogel in den Karton.

Der Vorfall im Vogelhaus schien Pfarrer Duddleswell nicht gerade aus der Fassung zu bringen. Er hatte andere Sorgen. Für mich stand aber jetzt fest, wer der Übeltäter war.

Am selben Abend rief ich Mrs. Hughes noch an, erkundigte mich nach Ross und fragte sie, wo ich ihn finden könne.

Am Nachmittag des nächsten Tages, einem Samstag, radelte ich zu der Wiese hinaus, die den Zigeunern zum Lagern überlassen worden war. Es goß in Strömen, aber ich hatte Gummistiefel an – ein Weihnachtsgeschenk von Mrs. Pring –, einen Regenmantel und eine Mütze aus Öltuch. Der Regen war mit Schneeflocken durchmischt, und die Spitzen der ersten Krokusse zwängten sich bereits zwischen dem Gras ins Freie.

Ross wohnte mit seiner Mutter zusammen in einem Wohnwagen am Rand der Wiese. Es war ein ganz alter Wagen in der Form eines riesigen Fasses; an der Vorderseite hatte er eine Deichsel für das Zugpferd. Vor Jahren mußte er einmal grün gewesen sein, aber die Farbe blätterte überall ab. Darunter lag auf nassem Stroh ein alter Hund, auf einem Auge offenbar blind. Mißtrauisch musterte er mich, aber zum Bellen war er wohl zu faul.

Ich klopfte am hinteren Ende des Wagens. Eine schwarze Feder war an die Tür genagelt; wahrscheinlich stammte sie von einer Krähe. Die Tür wurde nach außen geöffnet, und dann stand eine faszinierend aussehende Frau vor mir. Ein grellbunter Schal reichte ihr fast bis zu den Knien. Ihr Haar war tiefschwarz mit einem Mittelscheitel, und sie trug Ohrringe aus Messing. Ihre Augen funkelten mich an.

„Sie kommen also wegen ihm." Das war eine Feststellung, keine Frage.

„Ja."

Sie wirkte ängstlich. „Sie wollen ihn mir doch nicht fortnehmen? Er ist doch alles, was ich habe."

„Nein", antwortete ich. „Ich bin kein Polizist. Ich bin Priester."

Sie atmete auf. „Kommen Sie rein, Herr Pfarrer." Dann faßte sie meine Hand und drückte einen warmen Kuß darauf. „Aus einem wilden Fohlen wird mal ein gutes Pferd."

„Kaplan Boyd", sagte ich, um mich vorzustellen, während ich meine Schuhe abtrat und die Mütze abnahm.

„Ross hat mir von Ihnen erzählt."

Das Wageninnere wurde von einer Petroleumlampe schwach erleuchtet. Überall lagen Weidenzweige und Stroh heraum, die zum Flechten von Körben dienten. Ross saß am Tisch und hielt einen Becher vor dem Mund.

„Ich war's", sagte Ross. „Ich hab's getan."

Ich setzte mich neben ihn auf eine Truhe. „Hab' ich mir schon gedacht, Ross, daß du es warst."

„Weiß ich, daß Sie das herausfinden würden."

Die Mutter kam zu mir und flüsterte mir ins Ohr: „Er mag Sie, Herr Kaplan." Dann setzte sie sich in die Ecke und sagte kein Wort mehr.

Ich ahnte, daß Ross in seinem kurzen Leben schon oft von Leuten gerügt und bestraft worden war, gegen die er eine Abneigung empfand.

„So kann's aber doch nicht weitergehen, Ross."

„Was?"

„Nun, Käfige aufmachen, Tiere und Vögel rauslassen."

„Quatsch!" platzte Ross heraus. „Niemand sollte eingesperrt leben. Das ist gegen die Natur." Dann bekam seine Stimme einen wärmeren Klang. „Sie sind ein guter Mann, Herr Kaplan. Nicht mal unser Hund hat Sie angebellt. Warum lassen Sie solche Dinge zu?"

Ich zuckte die Schultern. Eigentlich hatte ich derjenige sein wollen, der hier Fragen stellte.

„Tiere, Vögel, sie sollten in Freiheit leben. Immer. Genau wie die Spatzen. Frei rumlaufen wie ein Pferd. Unser Pferd kann Gras essen, wenn's Hunger hat, und trinken, wenn's Durst hat. Es gibt Leute, die würden am liebsten noch die Luft in Käfige einsperren, wenn sie's könnten."

„Ich hab' mir gedacht, daß du so denkst, Ross."

„Ja, mach' ich auch, mach' ich auch."

„Ich kann mir vorstellen, daß Zigeuner das Einsperren verabscheuen." Ich lächelte. „Auch wenn sie noch Schuljungen sind."

Er lächelte ebenfalls. Daran war sein Gesicht nicht gewöhnt.

„Missis Hughes hat mir erzählt, Ross, daß die Tiere keinen Laut von sich gegeben haben, als du sie aus ihren Käfigen in den Gärten herausgelassen hast. Kein Hund hat gebellt, und kein Huhn hat gegackert."

„Weil sie wissen, daß ich sie mag und gut zu ihnen bin."

„Ja, das verstehe ich."

„Wenn Sie einen Vogel in einen Käfig sperren, dann könnten Sie ihm ebensogut die Flügel abschneiden", sagte Ross. „Manche Leute würden ihre Kaninchen sogar in die Schule stecken, wenn sie das nur könnten."

Ohne Zweifel hatte Ross Vertrauen zu mir, und so konnte ich ihm auch erklären, daß er nur teilweise recht hatte und daß die Menschen im allgemeinen ihre Haustiere deshalb einsperren, weil sie sie schützen wollen.

„Dein Hund liegt hier unter dem Wohnwagen, Ross. Was würde denn mit ihm geschehen, wenn du dich nicht um ihn kümmern würdest? Und dein Pferd? Dem legst du einen Sack auf den Rücken, damit es trocken und warm bleibt."

„Aber wir sperren sie nicht ein", beharrte er. „Nicht mal unser Hund darf hier in den Wohnwagen kommen. Für den gibt's überhaupt kein Gefängnis, gar keins."

Ich zog den Karton aus meiner Jacke. Er war naß und zerknautscht. Behutsam gab ich ihn Ross in die Hand.

Ross nahm den Deckel ab. Zuerst starrte er auf den Hamster und auf den Vogel, die da nebeneinanderlagen. Dann blickte er mich an. „So ist das Leben nun mal." An seiner Schläfe zuckte ein Nerv.

„Erzähl das den beiden mal, Ross."

„Sie versuchen lebenden Tieren in ihren Käfigen weiszumachen, daß sie leben." Ich wußte keine Antwort. „Der Tod ist nicht so wichtig, alles muß sterben. Aber frei sein –" Er brach mitten im Satz ab, als wolle er damit sagen, daß ich das doch nicht verstehen könne.

Ich stand auf, um zu gehen. Ross begleitete mich zum Fahrrad. Es regnete nicht mehr; die Sonne versuchte sich zwischen den Wolken hindurchzuzwängen.

„Ich hab's nicht gut gefunden, was Sie über das Alleinsein gesagt haben", meinte Ross, als ich mein Rad nahm.

„Glaubst du mir etwa nicht?"

„Doch, und gerade deswegen find' ich's nicht gut. Meine Mutter ist allein." Er deutete auf den Wohnwagen und – vieleicht bildete ich mir das aber auch nur ein – auf die schwarze Feder, die da an die Tür genagelt war. „Und Sie sind ebenso allein, Herr Kaplan."

„Und du, Ross?"

Er schien verwirrt. „Ich denke einfach nie dran."

Ich legte meinen Arm um seine Schultern. „Gott befohlen, Ross, mach's gut."

Mrs. Pring war zurück – das spürte ich schon, als ich die Tür öffnete. Ich wußte sogar, ehe ich sie zu Gesicht bekam, daß sie neue Dauerwellen hatte.

Ich lehnte mein Fahrrad gegen die Mauer, rannte in

die Küche und nahm Mrs. Pring in die Arme. „Tut mir leid“, begann ich.

„Was tut Ihnen leid, Father Neil? Ich bin die glücklichste Frau auf der ganzen Welt. Wissen Sie das nicht?“ Und sie begann zu heulen, um den Beweis zu liefern.

Am Küchentisch saßen wir danach einander gegenüber, und ich erzählte ihr von Ross und den Tieren und seiner einsamen Mutter.

„Armer kleiner Kerl“, sagte Mrs. Pring. „Und die Mutter tut mir ebenso leid.“

Sie versprach mir, mit Pfarrer Duddleswell darüber zu reden. Er würde die Sache gewiß in Ordnung bringen. „Und wenn nicht, dann drücke ich ihn platt wie einen Igel, der unter die Straßenwalze gekommen ist.“

Eine halbe Stunde später kam sie zu mir ins Zimmer. Sie hatte Pfarrer Duddleswell überreden können, den Direktor des Vogelhauses anzurufen. Pfarrer Duddleswell hatte Mr. Brandon versprochen, den finanziellen Schaden zu ersetzen, wenn die Sache ohne Polizei abgewickelt werden könne.

„Dieser Mann“, sagte sie bewundernd, „könnte die Sonne im Norden aufgehen lassen, wenn er das nur wollte.“

Pfarrer Duddleswell war so froh darüber, seine Sparringspartnerin wiederzuhaben, daß er alles für sie getan hätte. Aber das hütete er wie ein Geheimnis. Beim Abendessen flüsterte er mir zu: „Kaum war sie eine Stunde zurück, da wollte sie mir schon wieder Vorschriften machen.“

Die Leute, deren Gärten an die Schule angrenzten, beschwerten sich weiter nicht mehr. Der Sexualkundeunterricht war zu Ende. In der Gemeinde herrschte wieder Ruhe und Ordnung.

Am folgenden Freitag berichtete Mrs. Hughes, Ross werde mit seiner Mutter weggehen. Der anhaltende Regen – etwa dreimal soviel wie sonst im Januar üblich – hatte den Lagerplatz in einen Morast verwandelt. Die Zigeuner wollten am Sonntag wegziehen, um sich irgendwo anders einen höhergelegenen Lagerplatz zu suchen.

Am frühen Samstagnachmittag fuhr ich mit dem Rad nochmals ins Zigeunerlager. Als wolle sie sich einen geschmacklosen Scherz erlauben, schien die Sonne jetzt warm von einem blauen Himmel herab.

Ross lag am Ufer des Baches, der die Wiese nach Norden begrenzte, und streichelte eine Forelle. Dr. Daley hatte mir erzählt, daß er das als Junge in Connemara oft getan habe, aber ich hatte so etwas noch nie mit eigenen Augen gesehen.

Ganz langsam tauchte Ross seinen Arm in das Wasser und tastete nach dem Fisch. Das Murmeln seiner Stimme vibrierte über das Wasser und das noch immer nasse Gras hinweg. „Eins, zwei, drei“, zählte er, und dann, flupp, hatte er den Fisch aus dem Wasser gezogen. Das Tier zappelte wild.

Dann erkannte Ross mich und warf den Fisch zurück in den Bach. „Zu klein zum Essen, Herr Kaplan.“ Ich lächelte. Er erhob sich. „Hab' mir gedacht, daß Sie kommen.“

„Ich bin nur gekommen, um mich von dir zu verabschieden.“

Verlegen stand er vor mir, die Hände hingen irgendwie hilflos herab. „Auf Wiedersehen, Herr Kaplan.“

Und das schien das Ende unserer flüchtigen Bekanntschaft zu sein. Eigentlich hatte ich ihm noch etwas sagen, ihm etwas auf seinen weiteren Lebensweg mitgeben wollen. Ich hatte ihm sagen wollen: „Ross, du hast einmal im Zorn zu Gott gesprochen. Da hast du dich geirrt, Ross. Nicht einmal ein winziger Spatz fällt zur Erde, ohne daß Gott das weiß. Weißt du noch, Ross, wie du von dem toten Baby in der Kiste erzähltest, das dich an ein Streichholz erinnerte? Nun, eines Tages, beim Jüngsten Gericht, wird Gott kommen und dieses Streichholz mit seinem Heiligen Geist zum Leuchten bringen, und dann wird das Gesicht dieses kleinen Kindes strahlen wie das Angesicht Christi."

Das alles hatte ich sagen wollen, aber als es jetzt soweit war, da kamen mir die Worte nicht über die Lippen. Meine Seele, so dachte ich, ist stumpf und prosaisch, während die von Ross wie Sonnenschein und Vogelgesang ist, reine Poesie.

„Darf ich Sie zu Ihrem Fahrrad begleiten, Herr Kaplan?"

Ich lächelte. „Gern, Ross."

Kurz bevor wir den Wohnwagen erreichten, flitzte er davon, huschte in den Wagen und kam gleich darauf mit einem glockenförmigen Gebilde, das unter einem Tuch verborgen war, zurück. Ich bückte mich, um die Hosenklammern anzulegen, und als ich mich wieder aufrichtete, streckte er mir den Arm mit dem verhüllten Gebilde entgegen. „Ein Geschenk für Sie, Herr Kaplan."

Ich nahm den Gegenstand und hob das Tuch hoch. Zum Vorschein kam ein Käfig, auf dessen Stange eine Goldamsel saß.

„Aber Ross", protestierte ich, fast böse, „wie konntest Du das –?"

Ross grinste breit. Die Goldamsel war der tote Vogel, den ich ihm in dem Karton überlassen hatte. Jetzt war sie ausgestopft.

Er öffnete die Käfigtür. „Sehen Sie, Herr Kaplan, der Käfig macht ihr gar nichts aus – jetzt nicht mehr."

Ich legte meinen freien Arm um die Schultern des Jungen. Ross roch nach Knoblauch und nach frischem grünem Gras. Das Gefühl menschlicher Wärme strömte von mir zu ihm und wieder von ihm zu mir zurück.

„Ross", sagte ich, „ich hatte dich eigentlich noch etwas fragen wollen."

„Ja, Herr Kaplan?"

„Du weißt doch, damals, als du zugesehen hast, wie das Baby tot geboren wurde ..."

„Ja."

Da hast du etwas ... Ungehöriges ... zu Gott gesagt."

„Ja, ich weiß. Wollen Sie wissen, was Gott mir geantwortet hat?"

„Nun ... wenn du es mir sagen willst, ja."

„Gott hat gesagt: ‚Mein lieber Junge, mach dir über mich keine Gedanken. Ich *bin* schon immer ganz weiß gewesen, und mein Gesicht ist dunkel.'"

Trauung mit Hindernissen

Das Datum wird mir immer in Erinnerung bleiben: Es war der 3. Februar 1951. An diesem Tag fiel mir ein Satz ein, den ich als den „Kaplan Boydschen Lehrsatz“ bezeichnen möchte: „Wenn in der St.-Judas-Gemeinde etwas schiefgehen kann, dann wird es auch schiefgehen.“

Abgesehen von einem unbedeutenden Vorfall in der Kirche, von dem ich hoffte, daß er unbemerkt durchgeschlüpft war, begann alles ganz normal.

„Wollen die Herren gefälligst Platz nehmen zum Frühstück?“ rief Mrs. Pring durch das Haus.

„Eier und Speck“, sagte ich, genüßlich schnuppernd. „So ähnlich stelle ich mir den Geruch der Heiligkeit vor.“

Pfarrer Duddleswell war noch nicht erschienen, und da die Portion auf seinem Teller erheblich größer war als die auf dem meinen, vertauschte ich die beiden rasch. „Das merkt er bestimmt nicht, Missis Pring“, sagte ich.

„Der und nicht merken? Der sieht durch Wände hindurch.“

Gleich darauf stürmte Pfarrer Duddleswell in die Küche. „Frühstück endlich fertig?“ brummte er, aber er schien trotzdem bei guter Laune zu sein. „Ist ja schon fast Nachmittag. Von einem Frühstück zum nächsten hat dieses Frauenzimmer doch gut und gern vierundzwanzig Stunden Zeit, und trotzdem steht es niemals pünktlich auf dem Tisch.“

Er bekreuzigte sich und betete, und gleich darauf vertauschte er, ohne hinzusehen, die beiden Teller wieder.

Mrs. Pring schüttelte den Kopf. „Obwohl er nur so kurze Arme hat, kann er von einer Zimmerecke in die andere hinüberlangen."

„Halten Sie den Schnabel, Weib", sagte Pfarrer Duddleswell mit einem zurechtweisenden Seitenblick, „sonst lange ich noch zu Ihnen hinüber."

Als ich mich darüber beschwerte, daß auf seinem Teller doppelt soviel wie auf dem meinen lag, sagte er, das sei völlig in Ordnung; er sei nicht nur doppelt so alt wie ich, sondern er habe auch doppelt soviel Verstand.

„Trotzdem bestehe ich auf meinem Recht", protestierte ich.

Er schob sich mit einem energischen Griff die Serviette unters Kinn. „Das einzige Recht, auf dem Sie junger Springinsfeld bestehen können, ist das auf eine christliche Beerdigung."

Dennoch gab er nach, zerteilte die Portion auf seinem Teller und legte einen Streifen davon mit der Gabel auf meinen Teller. „Hier, Sie gieriges Küken, aber verschlucken Sie sich nicht in Ihrem Heißhunger."

„Das ist noch immer nicht ehrlich geteilt", nörgelte ich.

Mit einem traurigen Blick ließ er die Gabel sinken. „Wissen Sie denn nicht, Father Neil, daß Eier sehr viel Cholesterin enthalten? Zuviel davon kann leicht zu einem Herzinfarkt führen."

„Ich habe keine Herzbeschwerden."

„Das haben Sie aber auch ausschließlich dem Umstand zu verdanken, daß ich Sie davor bewahre, zu viele Eier zu essen."

„Und was ist mit *Ihrem* Herzen?"

„Ach was, Father Neil, es gibt da ein gutes irisches Sprichwort: ‚Ein kluges Ei streitet sich nicht mit einem Stein.'"

Mrs. Pring hüstelte bedeutungsvoll, während sie uns Kaffee einschenkte, sagte aber nichts.

„Wissen Sie, Father Neil", sagte Pfarrer Duddleswell, in Erinnerungen versunken, „wenn ich hier sitze und esse, dann denke ich oft an meine Studentenzeit. Ich war in Ferien in den italienischen Dolomiten." Er brach ab, um Mrs. Pring zu sagen, daß er drei Löffel Zucker in seinem Kaffee zu haben wünsche statt nur zwei. „Gott läßt sich nicht täuschen, Missis Pring."

„Ja, Gott", antwortete sie.

„Ja, wo war ich stehengeblieben? Ach ja, ich sehe mich noch auf einem dicken Grasteppich unter einer Kiefer liegen. Der Wind säuselte in den Zweigen, und das Grün des Baumes zeichnete sich gegen das Blau des Himmels ab. Und ich schaute über eine malerische Schlucht in die Ferne auf die ... schneebedeckten ... Berge."

Er verstummte; auch seine Lippen bewegten sich nicht mehr. Die Szene stand ihm wieder vor Augen.

„Schmeckt Ihnen das Essen?" fragte Mrs. Pring dazwischen.

Er schien aus seinem Traum zu erwachen und begann wieder zu kauen. „Unbeschreiblich schön war es da."

Ich lächelte, und das schien ihn zu irritieren, denn plötzlich richtete er seine Waffen gegen mich. „Ihre kurze Predigt heute morgen hat mir gefallen, Father Neil."

Ich hatte über den heiligen Blasius gepredigt, Bischof von Sebaste in Armenien und einer der Vierzehn

Nothelfer, dessen Fest wir heute feierten. „Während er zur Folter geschleppt wurde“, hatte ich der kleinen Gemeinde von nur sechs Leuten erzählt, „kam Blasius an einer Frau vorüber, die verzweifelt war, weil ein schrecklicher Wolf ihr Schwein geraubt hatte, an dem sie sehr hing. Und der heilige Bischof, der mit den Tieren reden konnte, befahl dem Wolf, der Frau das Schwein zurückzugeben.“

„Haben Sie zufällig an bestimmte Personen gedacht, als Sie die Geschichte von dem Wolf und dem Schwein erzählten, Father Neil?“

„Natürlich nicht, Herr Pfarrer.“

Jetzt merkte ich, worauf er hinauswollte. Ihm entging niemals etwas.

Sankt Blasius wird gegen Halsleiden angerufen, weil er einen Jungen heilte, der eine Fischgräte verschluckt hatte und dem Ersticken nahe war. Im Gedenken an ihn und seine Fürbitte wird der Blasiussegen erteilt, bei dem der Priester zwei brennende geweihte Kerzen gekreuzt vor den Hals des Gläubigen hält und dazu die Segensformel spricht: „Auf die Fürsprache des heiligen Bischofs und Märtyrers Blasius befreie dich Gott von Halskrankheiten und allem Übel.“ Dabei hieß es höllisch aufpassen, daß man mit den Kerzen dem zu Segnenden nicht zu nahe kam.

„Mußten Sie beim Blasiussegen Betty Ryders Kleid tatsächlich in Flammen aufgehen lassen.“

„Ich hab’s doch nur ein wenig angesengt, Herr Pfarrer.“

„Na, sie wird sich jedenfalls hüten, sich jemals wieder Ihren Segnungen zu unterwerfen.“

Dann wandte er sich an Mrs. Pring. „Bringen Sie uns gleich den Kaffee herein. Meine Kehle ist so trokken wie Father Neils Humor. Fragen Sie nur den heiligen Blasius."

Ich hatte vergessen, daß es bis zum Aschermittwoch nur noch vier Tage waren. Um mir eine Freude zu machen, hatte Pfarrer Duddleswell mir versprochen, mich am Nachmittag zu einem Fußballspiel mitzunehmen. Aus diesem Grund hatte er sogar das Beichthören vom Abend auf den Morgen vorverlegt.

„Heute ist ein besonderer Tag, Father Neil. Der letzte Samstag vor Frühlingsanfang, an dem man eine Hochzeit mit Blumen und Orgelmusik feiert. Ich muß heute morgen noch drei Paare trauen, und deshalb werden Sie allein sämtliche Beichten hören."

„Und ich muß mir auch dreimal die gleiche Ansprache von Ihnen anhören."

„Hören Sie, lieber junger Freund", verteidigte er sich, „im vergangenen Jahr hatte ich vierzig Trauungen, und ich kann mir, trotz meiner Genialität, nicht jedesmal etwas Neues einfallen lassen."

Ich nahm einen Bissen von meinem Ei. „Missis Pring hat eine Vorliebe für schöne Hochzeiten, Herr Pfarrer", sagte ich kauend.

„Verständlich. Ihre eigene Hochzeit war ja leider auch nur eine Kriegshochzeit."

In dem Augenblick kam Mrs. Pring herein; sie hatte den Schluß wohl noch gehört, denn sie fragte gleich: „Wollen Sie heute wieder Ihre übliche Hochzeitspredigt vom Stapel lassen, Herr Pfarrer?" Danach ahmte sie ihn gekonnt nach: „Mein liebes junges Brautpaar. Das einzige Rezept für eine glückliche christliche Ehe heißt: Liebet Gott von ganzem Herzen und gebt niemals mehr Geld aus, als ihr verdient."

Pfarrer Duddleswell musterte sie von oben bis unten. „So oft haben Sie das ja wohl noch nicht von mir gehört."

Mrs. Pring sagte, zu mir gewandt: „Seit zwanzig Jahren und auf tausend Hochzeiten."

Sie schenkte uns Kaffee ein. „War Peggy Barnes nicht eine wunderschöne Braut, letzten Samstag?"

„Ja, das war sie", antwortete Pfarrer Duddleswell.

Mrs. Pring verdrehte die Augen und seufzte: „Ich mußte daran denken, wie ich selber einmal eine schamhafte Braut war."

„Peng", entfuhr es Pfarrer Duddleswell.

Ich blickte ihn an. „Was war das?"

„Nichts, Father Neil. Manchmal geht meine Phantasie einfach mit mir durch."

„Sie abscheulicher Philister", rief Mrs. Pring.

Der Pfarrer hielt ihr das Milchkännchen entgegen. „Die Kuh ist trocken."

Mrs. Pring ergriff es und ging in die Küche zurück.

„Peggy Barnes", flüsterte Pfarrer Duddleswell mir zu, „ist seit drei Monaten soweit."

Ich hörte nur halb hin. „Wie weit?"

„Sie ist in Hoffnung. Ein Baby ist unterwegs, wenn Sie das besser verstehen."

„Ach so, ja. Zu was für einem Spiel gehen wir heute nachmittag, Herr Pfarrer?" Eigentlich machte ich mir nichts aus Fußball, aber das konnte ich ja nicht eingestehen, wenn er mir damit einen Gefallen zu tun glaubte.

„Wir fahren nach Highbury und sehen uns das Spiel Arsenal gegen Newcastle United an. Und falls Ihre Allgemeinbildung derart miserabel ist, daß Sie es nicht wissen, will ich Ihnen dazu sagen, daß Arsenal eine der besten Mannschaften der Welt ist."

„Ich hab' das schon mal gehört, Herr Pfarrer", antwortete ich wahrheitsgemäß.

„Wir fahren Punkt halb zwei hier los, denn um halb drei beginnt das Spiel. Ich möchte noch einen Parkplatz in der Nähe des Eingangs bekommen."

Es regnete. Dieser ganze Winter schien nur aus Regen zu bestehen. Wir zahlten drei Schilling drauf, von meinem Geld übrigens, um einen Platz zu bekommen, von dem aus man eine bessere Übersicht über das Feld hatte. Tim Fogarty, ein Freund unseres Pfarrers und ebenfalls Anhänger von Arsenal, hatte uns diesen Platz empfohlen.

Aber auch dort klatschte der Regen nur so auf uns herab. Binnen fünf Minuten waren wir bis auf die Haut durchnäßt, und infolge der schweren Regenwolken war es bereits derart dunkel, daß ich die große Uhr hinter dem einen der beiden Tore kaum erkennen konnte.

Welch ein sonderbares Vergnügen, dachte ich. Aber Pfarrer Duddleswell war in so ausgelassener Stimmung, daß ich in seinen Jubel zur Begrüßung der Arsenal-Mannschaft einzustimmen beschloß.

Neben uns stand ein grobschlächtiger, grimmig dreinschauender Kerl in Regenmantel und Mütze; auf seiner Brust prangte eine schwarzweiße Fahne. Seine wuchtige Nase stand schief, als wolle er damit um die Ecke riechen. Seine rechte Pranke umfaßte eine Bierflasche.

Die erste Mannschaft, in rotweißem Dreß, lief unter gewaltigem Applaus aufs Feld.

„Buuuh", grölte Pfarrer Duddleswell, und nur der klotzige Nachbar übertraf ihn dabei an Lautstärke.

Der Mann nickte uns zu, als wolle er sagen, es sei unser Glück, daß wir zu den Anhängern seiner Mannschaft gehörten.

„Aber das ist doch die Mannschaft von Arsenal“, flüsterte ich Pfarrer Duddleswell ins Ohr. Sogar ich wußte das.

„Father Neil, wie oft sind Sie denn schon hier gewesen? Doch noch nie. Und jetzt wollen Sie mir erzählen –“

Ich hielt ihm das Programm unter die Nase. „Hier steht, daß die Mannschaft von Arsenal in rotweißem Dreß spielt.“

Er riß mir das Programm aus der Hand, schob sich die Brille auf die Nase und las. Gleich darauf erschien die zweite Mannschaft auf dem Feld, und wieder brüllte er „Buuuh!“.

„Mann, zieh bloß Leine“, schnauzte der Anhänger von Newcastle ihn an, „sonst mach' ich Hackfleisch aus dir, Bürschchen.“

Ich zweifelte nicht daran, daß er es ernst meinte.

Und Pfarrer Duddleswell rief tatsächlich sofort in voller Lautstärke: „Hurra für Newcastle United!“ Das schien den bulligen Kerl wieder zu besänftigen.

„Das ist aber doch Betrug“, warf ich Pfarrer Duddleswell vor.

„Father Neil, Jesus hat gesagt, daß wir unsere Feinde lieben sollen.“ Gleich darauf schrie er wieder aus vollem Halse: „Arsenal, buuuh, buuuh!“

„Aber Jesus hat nicht gesagt, daß wir unsere Freunde hassen sollen.“

„Kommt doch auf dasselbe heraus, Father Neil.“ Er lachte fröhlich. „Das hier ist schließlich kein Wettkampf zwischen Satan und den Heiligen. Es ist doch nur ein Spiel.“

Der Anhänger von Newcastle war offenbar anderer Meinung. Als Pfarrer Duddleswell unversehens bei einer Situation, die mir nicht ganz klar war, aufjubelte, brummte der Kerl: „Jetzt reicht mir's aber. Halt jetzt gefälligst die Schnauze, Mann, sonst nehm' ich dich auseinander."

Ich muß zugeben, daß das Spiel mir jetzt wirklich keinen Spaß mehr machte.

Um halb vier, unmittelbar nach der Halbzeit, erdröhnte eine Stimme aus dem Lautsprecher: „Eine Nachricht für Pfarrer Duddleswell von der Sankt-Judas-Gemeinde."

Gleich darauf verstummte das Stimmengewirr der Zuschauer.

„Pfarrer Charles Duddleswell möchte sofort zu seiner Kirche zurückkehren. Dort wartet ein Brautpaar darauf, von ihm getraut zu werden. Danke schön."

Das Publikum schien sich in diesem Augenblick nicht einmal mehr für die Spieler zu interessieren, die gerade wieder auf das Feld stürmten. Für manch einen Zuschauer war diese Bekanntmachung möglicherweise der einzige Lichtblick dieses bislang torlosen Nachmittags. Pfarrer Duddleswell stieß mich in die Seite. „Jesus, Maria und Josef. Missis Pring scheint mal wieder die ganze Welt auf den Kopf gestellt zu haben."

Als das Gelächter der Menge endlich abebbte, wurde die Durchsage wiederholt. Pfarrer Duddleswell rührte sich nicht. Verstohlen flüsterte er mir zu, um Gottes willen ruhig stehen zu bleiben, und ich mußte zugleich daran denken, daß Mrs. Pring den Ausdruck „um Gottes willen" sofort wieder als „um seinetwillen" interpretiert hätte.

Der Fan der Newcastler Mannschaft lachte noch

lauter als die anderen und fragte Pfarrer Duddleswell, ob er der gesuchte Pastor sei.

„Meinen Sie vielleicht, ich würde hier so ruhig stehen bleiben", gab der Pfarrer zurück, „wenn ich dieser Pfarrer Duddleswell wäre?"

„Nee, wahrscheinlich nicht", meinte der andere und ging gleich darauf zu einem Getränkeverkäufer, um sich mit frischem Bier zu versorgen, ehe das Spiel wieder begann.

Sobald die zweite Halbzeit angepfiffen wurde, zupfte Pfarrer Duddleswell mich am Ärmel und zog mich hinter sich her. Zu meinem Pech übersah ich dabei die auf dem Boden stehende leere Bierflasche des groben Newcastle-Fans. Ich trat dagegen, und die Flasche rollte mit lautem Klirren die steinernen Stufen hinunter.

Hunderte von Augenpaaren wandten sich schlagartig vom Spiel ab und uns zu. Die Leute erkannten unsere Priesterkleidung und wünschten uns noch einen vergnügten Nachmittag. Einzelne Zurufe waren eher beleidigend. Einer sagte freundlich: „Auf Wiedersehen, Hochwürden." Es war Tim Fogarty.

„Aber, aber, Father Neil", beschwerte sich Pfarrer Duddleswell, „warum haben Sie denn nur die Aufmerksamkeit des ganzen Fußballstadions auf uns gelenkt?"

Am Fuß der Treppe stießen wir auf unseren groben Nachbarn, der in jeder seiner Pranken eine Bierflasche trug.

„Newcastle United?" rief Pfarrer Duddleswell überlaut. „Das sind mir vielleicht Stümper. Die spielen ja wie die Ersatzmannschaft des Kindergartens. Buuuh, Newcastle, buuuh!"

„Halt's Maul", rief der Fan und fuchtelte drohend

mit den Flaschen in der Luft herum, „sonst haue ich dir diese verdammte Flasche auf dem Kopf entzwei."

„Sie trauen sich ja doch nicht", antwortete Pfarrer Duddleswell, zugleich seine Schritte beschleunigend, „und außerdem ist mein Kopf härter als Ihre Milchfläschchen." Als wir aus dem Gefahrenbereich heraus waren, raunte er mir zu: „Eigentlich wäre es ja nur meine gerechte Strafe gewesen, wenn dieser Kerl mich geköpft hätte."

Vor dem Fußballstadion erklärte er mir hastig die Sachlage. „Wanda French und Richard Faber. Eine Mischehe. Ein Jesuit aus der Farm Street hat alle Formalitäten erledigt. Deshalb habe ich die ganze Sache auch verschwitzt. Ist mir sonst noch nie passiert. Lieber Herr Jesus, was habe ich nur getan?"

Diese letzte, rein rhetorische Frage wiederholte er für den Rest des Tages noch ungezählte Male.

„Ist der Bräutigam Protestant, Herr Pfarrer?" Er nickte. „Dann ist er in diesem Augenblick vermutlich ein ausgemacht antikatholischer Protestant."

„Wahrscheinlich wird es mir jetzt schwerfallen, ihn zur Konversion zu bewegen", sagte Pfarrer Duddleswell betrübt. „Während seine Braut darauf wartet, daß er ihr seinen Ring überstreift, schaue ich mir in aller Gemütsruhe ein Fußballspiel an!" Er knurrte vernehmlich. „Ich hätte doch daran denken sollen, zumal Doktor Daley Brautführer ist."

Ehe wir uns in eine Telefonzelle quetschten, um Mrs. Pring anzurufen, flüsterte er noch: „Lieber Gott im Himmel, gib mir wenigstens ein ganz kleines Quentchen christlicher Nächstenliebe."

Mrs. Pring hatte offenbar am Telefon gewartet, denn der Hörer wurde sofort abgenommen, und sie meldete sich.

„Ich bin's, Missis Pring", sagte Pfarrer Duddleswell.

„Gott sei Lob und Dank, Herr Pfarrer." Aus ihrer Stimme war die Erleichterung deutlich herauszuhören. „Aber wo bleiben Sie denn nur? Das Brautpaar wartet hier schon seit über einer Stunde." Es entstand eine kleine Pause. „Hallo, hören Sie mich nicht?"

„Missis Pring, Ihr Geschrei könnte ich sogar ohne Telefon hören."

„Wo stecken Sie jetzt?"

„Das wissen Sie doch ganz genau. Auf dem Fußballplatz."

„Auf welchem?"

„Wenn Sie nicht wissen, auf welchem, wie konnten Sie mich dann vor den Ohren von Tausenden von Menschen ausrufen und blamieren lassen?"

„Ich habe die Polizei gebeten, Sie auf allen Fußballplätzen in fünfzehn Meilen Umkreis suchen zu lassen."

„Du lieber Gott."

Der Gedanke ließ mich zusammenfahren, daß diese Nachricht in Fulham, Tottenham, Brentford, Charlton, im Kristall-Palast und wer weiß wo sonst noch ausgerufen worden war. Wir dürften uns glücklich schätzen, wenn die Zeitung darüber keinen spöttischen Artikel brachte.

„Tut mir furchtbar leid", hörte ich Mrs. Prings Stimme.

„Ist schon gut", lenkte der Pfarrer ein, „das Spiel war ohnehin stinklangweilig."

„Ich habe solches Mitleid mit der armen Braut."

„Ach was", brummte er, „sagen Sie den Hochzeitsgästen, daß ich in zwanzig Minuten zur Stelle sein werde." Er knallte den Hörer auf. „Vorausgesetzt, daß Gott sich jetzt auch wie ein feiner irischer Gentleman benimmt."

Ich saß bereits auf dem Beifahrersitz, als Pfarrer Duddleswell draußen feststellte, daß mit dem Wagen etwas nicht stimmte. Jemand hatte den linken Vorderreifen aufgeschlitzt.

Wortfetzen seiner bilderreichen Sprache veranlaßten mich zum Aussteigen. Dann traf auch mich fast der Schlag. Hier hatten Wandalen gewirkt. Bei sechs nebeneinanderstehenden Autos waren sämtliche Reifen aufgeschlitzt. Wir konnten von Glück sagen, daß bei unserem Wagen nur ein einziger Reifen hatte dran glauben müssen.

„Nicht gerade der günstigste Zeitpunkt für einen Plattfuß, Herr Pfarrer", sagte ich. Etwas Besseres fiel mir nicht ein.

Er schnaufte tief und laut. „Ersparen Sie mir Ihre sarkastischen Bemerkungen, Father Neil. Helfen Sie mir lieber."

Nach wenigen Minuten hatten wir das Rad gelöst und wollten es gerade abziehen. Dabei verlor Pfarrer Duddleswell das Gleichgewicht und fiel auf den Rükken, das Rad obendrauf.

„Nehmen Sie mir das Rad vom Bauch", keuchte er.

Nachdem ich ihm wieder auf die Beine geholfen hatte, öffnete er den Kofferraum, um das Ersatzrad herauszuholen. Aber der Reifen hatte keine Luft.

„Soll ich Ihre Luftpumpe herausholen, Herr Pfarrer?"

„Wenn Sie so freundlich sein wollen."

„Wo ist sie?"

Er stampfte mit dem Fuß auf. „Zwölf Meilen von hier entfernt in meiner Garage."

„Soll ich versuchen, per Anhalter nach Hause zu fahren?"

„Lieber Gott", seufzte er, ohne meinen Vorschlag überhaupt zu beachten. „ich bin völlig durchnäßt, erstens weil es regnet, zweitens weil ich schwitze. Hören Sie, junger Freund, ich werde versuchen, mir irgendwo eine Luftpumpe zu leihen. Sie rufen inzwischen Missis Pring an und sagen ihr, daß wir nochmals aufgehalten worden sind."

Das Telefon im Pfarrhaus war besetzt; ich mußte eine Viertelstunde warten, bis ich endlich durchkam. Dr. Daley war am anderen Ende der Leitung. Seine Stimme war unverkennbar, desgleichen der Umstand, daß er sich in Pfarrer Duddleswells Arbeitszimmer mit einem kräftigen Schluck gestärkt hatte.

„Hallo", rief er ins Telefon, „hier Pfarrhaus Sankt Judas. Herr Pfarrer Duddleswell ist im Augenblick leider nicht zugegen."

„Weiß ich, Herr Doktor."

Für einen Augenblick herrschte Funkstille.

„Der Kaplan ist auch nicht hier."

„Ich *bin* der Kaplan."

„Ach, Father Neil? Wissen Sie etwas über den Verbleib meines lieben Freundes Charles? Wir warten sehnsüchtig auf ihn."

Ich erklärte ihm, daß wir noch immer beim Fußballstadion seien.

„Aber Sie wollten doch schon vor einer halben Stunde dort weggefahren sein?" meinte er verwundert. „Muß ja ein spannendes Spiel sein."

„Herr Doktor", antwortete ich, „bitte sagen Sie dem Brautpaar und den Gästen, sie müßten sich noch etwas gedulden, bis wir kommen."

Ich hörte, wie er sein Glas füllte. „Wo sollten die

denn schon hingehen? Natürlich warten sie. Prost, Father Neil."

„Herr Pfarrer –", begann ich, als ich zum Wagen zurückgekehrt war.

„Das Glück hat mir wieder seine Schokoladenseite zugewandt", unterbrach er mich schnaufend, während er die Fußpumpe trat. „Bei einer Garage an der Ecke habe ich mir eine Pumpe leihen können."

„Haben Sie denn nichts gesehen, als Sie zurückkamen?"

„Ich habe im Augenblick weiß Gott Wichtigeres zu tun, als mir die Gegend zu betrachten, Father Neil. Sehen Sie denn nicht, daß ich den Reifen aufpumpe?"

Trotzdem richtete er sich auf und blickte in die Richtung meines ausgestreckten Zeigefingers. Der Fahrer des Wagens, der hinter uns stand, hatte wohl wegfahren wollen, während Pfarrer Duddleswell sich die Pumpe besorgte. Erst nachdem er ein paar Meter gefahren war, hatte er offenbar bemerkt, daß seine Reifen platt waren. Daraufhin hatte er seinen Wagen genau hinter dem unseren stehenlassen, wahrscheinlich um einen Monteur oder einen Schutzmann zu holen.

„Alle guten Geister!" stöhnte Pfarrer Duddleswell. „Ich glaube, ich habe mein Auto mitten im Fuhrpark einer Irrenanstalt abgestellt. Hier komme ich beim besten Willen nicht mehr heraus." Er fummelte an den Türen den anderen Wagens herum, aber sie waren abgeschlossen.

In seiner Wut trat er mit voller Wucht gegen die Stoßstange des fremden Autos, doch diese zeigte sich wesentlich weniger empfindlich als Pfarrer Duddleswells Zehen.

Inzwischen begannen die Zuschauer das Fußballstadion in größeren Scharen zu verlassen, vielleicht weil es zu dunkel geworden war, vielleicht wegen des Regens.

„Herr im Himmel, was soll ich nur machen?“ Er überlegte einen Augenblick lang. „Bleiben Sie hier beim Wagen, Father Neil, damit nicht so ein paar Irre ihr Zerstörungswerk wieder aufnehmen. Ich werde mir ein Taxi nehmen.“

Aber weit und breit war kein Taxi zu sehen.

Noch einmal liefen wir zur Telefonzelle. Seit meinem letzten Anruf waren inzwischen weitere zwanzig Minuten vergangen, und wir waren der Kirche noch keinen Meter näher gekommen.

„Donal“, rief Pfarrer Duddleswell ins Telefon, „bist du noch da?“

„Ja, Charles, und ich gedenke noch etwa eine halbe Flasche lang hier zu bleiben.“

„Wann sollte die Hochzeitsfeier beginnen?“

„Vor einer halben Stunde.“

„Ach ja, natürlich“, erinnerte sich Pfarrer Duddleswell, „um vier Uhr in der Tipton Hall.“

„Dein Gedächtnis ist wirklich überragend, Charles.“

„Würdest du dem Bräutigam etwas von mir ausrichten? Damit der Zeitplan nicht völlig aus dem Gleichgewicht kommt, sollen sie schon jetzt mit der Hochzeitsfeier beginnen.“

„Vor der Trauung?“

„Genau.“

„Eine verkehrte Hochzeit also. Ein genialer Vorschlag, Charles. Darauf muß ich einen trinken.“ Man konnte hören, daß er es tat. „Noch eines, Charles: Die Mutter des Bräutigams kocht inzwischen vor Wut. Mach dich also auf einiges gefaßt, wenn du herkommst."

Als wir danach wieder zum Wagen zurückkehrten, strömten die Zuschauer in Massen aus dem Stadion. Einige Polizisten machten den verzweifelten Versuch, den Menschenstrom in vernünftige Bahnen zu lenken. Uns blieb nichts anderes übrig, als im Wagen sitzen zu bleiben und abzuwarten.

Ich hatte einen Gedankenblitz. „Wie wär's mit dem Pfarrer der Allerheiligenkirche?"

„Monsignore Clarke? Was wollen Sie sagen?"

„Weshalb rufen Sie ihn nicht an und bitten ihn, die Trauung vorzunehmen?"

„Ich glaube nicht, daß ich eine Trauungsvollmacht so mir nichts, dir nichts telefonisch einem anderen übertragen kann, Father Neil." Er grübelte einen Augenblick lang. „Telefonische Beichten sind schließlich auch nicht gültig; das wäre genau dasselbe."

„Vielleicht würden viel mehr Leute beichten, wenn sie das telefonisch machen könnten", antwortete ich.

„Nein", entschied er, „ich will kein Risiko eingehen. Gerade in Trauungsangelegenheiten ist es besser, auf Nummer Sicher zu gehen." Er kaute an den Fingernägeln. „Aber meine Nerven sind inzwischen gespannt wie das Tau eines Seiltänzers."

Seine Nerven entspannten sich auch nicht gerade, als er plötzlich erkannte, daß der grobschlächtige Anhänger von Newcastle auf unseren Wagen zusteuerte. Beide rutschten wir tief in unsere Sitze und hofften, daß er uns nicht sehen würde. Schon an seiner Gangart war zu erkennen, daß er inzwischen veilchenblau war.

Als ich das Gefühl hatte, er müsse vorübergegangen sein, hob ich leichtsinnigerweise den Kopf. Der Mann stand neben meinem Wagenfenster und schaute mir direkt in die Augen.

„Was gaffste mich denn so an, Kerl?"

Er betrachtete meine Kleidung und blickte dann zu Pfarrer Duddleswell hinüber. Plötzlich langte er durch das halbgeöffnete Wagenfenster und schob Pfarrer Duddleswell den Hut in den Nacken. „Bist du vielleicht der mickrige Typ, der neben mir auf der Tribüne gestanden hat?"

„Sehe ich vielleicht so aus?" fragte Pfarrer Duddleswell kleinlaut.

„Nein, der war größer als du Gartenzwerg." Er schob Pfarrer Duddleswell den Hut ins Gesicht. „Dein Glück. Wenn ich den nämlich erwische, dann zerleg' ich ihn in seine Einzelteile." Und er wankte von dannen, um weiterzusuchen.

Erst kurz vor fünf Uhr konnten wir endlich losfahren. Pfarrer Duddleswell fuhr wie ein Wahnsinniger mit laut heulendem Motor und schnitt jede Kurve, während ich mich beständig nach einer möglichen Polizeikontrolle umblickte. Sobald ein Fußgänger irgendwo unseren Weg kreuzte, begann Pfarrer Duddleswell zu fluchen und fragte mich, wieso es überhaupt erlaubt sei, daß auch Fußgänger sich auf der Straße herumtrieben.

„Endlich! Ich hätte es nicht für möglich gehalten, daß Sie heute noch mal hier aufkreuzen", begrüßte Mrs. Pring Pfarrer Duddleswell. Da er nicht antwortete, wandte sie sich an mich. „Es ist eine Schande, nicht wahr, Father Neil? Das müssen Sie doch auch sagen."

Pfarrer Duddleswell zog sich hastig den Mantel aus. „Ich kann mir selbst auf die Brust klopfen, Missis Pring. Danke schön."

„Sie wissen ja überhaupt nicht, was Reue ist." Und danach begann sie ihr Klagelied zu singen, was ihr sichtlich wohltat. „Die Männer haben den Baldachin wieder abgeholt, den der Bräutigam gemietet hatte. Und den roten Teppich. Missis Perkins, die Organistin, mußte nach Hause gehen, um ihre Kinder ins Bett zu bringen."

„Reden Sie ruhig weiter", sagte Pfarrer Duddleswell völlig uninteressiert.

„Der Fahrer des Hochzeitswagens mußte ebenfalls wegfahren; er war noch zu einer anderen Feier im Mansion House bestellt."

„Haben sie mit der Hochzeitsfeier begonnen? Darauf kommt's an."

„Mußten sie ja wohl. Was hätten sie sonst machen sollen, Herr Pfarrer? Die Braut und die Brautjungfern waren völlig durchgefroren, und in der Kirche war's wie bei einer Beerdigung."

„Danke schön", sagte Pfarrrer Duddleswell sachlich, ohne auf Mrs. Prings versteckte Vorwürfe einzugehen.

„Also", antwortete sie unwirsch, „unterstehen Sie sich bloß nicht, mir noch einmal Vorwürfe zu machen, wenn das Essen nicht pünktlich auf dem Tisch steht."

„Weib", preßte er hervor, „Sie bewegen sich hart am Abgrund wie ein Esel auf einem schmalen Gebirgspfad." Er faßte mich am Arm. „Können Sie sehen, welches Glück ich habe?"

Ich schaute mich um. „Wo, Herr Pfarrer?"

„Zufällig habe ich die amtliche Berechtigung, in Ehesachen zugleich als Standesbeamter zu fungieren. Sonst hätten wir die Hochzeit tatsächlich verschieben müssen."

„Ist das Ihr ganzes Glück?" fragte ich spöttisch.

„Nein, außerdem habe ich noch das Glück, Sie zum Gehilfen zu haben, Father Neil. Während ich mich jetzt wieder in einen menschenwürdigen Zustand versetze, werden Sie sich um die Hochzeitsgesellschaft kümmern."

Ich hatte das Gefühl, in den Krieg zu ziehen, als ich mich als Pfarrer Duddleswells Vorhut in die Tipton Hall begab.

Fünf Minuten lang stand ich vor dem Hochzeitssaal, bis ich meinen ganzen Mut zusammengerafft hatte. Vor einem Spiegel rückte ich meine Kleidung noch ein wenig zurecht, und währenddessen betete ich darum, daß man meinen Worten Glauben schenken möge. Als ich mein Bild im Spiegel sah, fuhr ich zusammen. Mein Haar war klatschnaß, völlig strubbelig, Regenmantel und Hosen hingen an mir herunter wie das Fell eines Otters, der gerade aus dem Wasser steigt.

Aus einiger Entfernung klangen die Stimmen der Hochzeitsgäste ganz normal, aber als ich die Saaltür durchschritt, verstummte die vielleicht siebzig oder achtzig Köpfe zählende Gesellschaft jäh. Ich hatte genau dasselbe Gefühl hilfloser Einsamkeit wie damals, als ich in St. Judas zum erstenmal die Beichte hören wollte, und dann war kein Mensch in der Kirche.

Ich trat an den Tisch, an dem das Brautpaar vor dem noch nicht angeschnittenen Hochzeitskuchen saß, und faßte die Hand des Bräutigams. Sie war eisig kalt.

„Mister Faber“, sagte ich so, daß alle es hören konnten, „die Verzögerung tut mir unendlich leid. Pfarrer Duddleswell hatte Pech. Ein ziemlich unangenehmer Unfall.“

Die Hochzeitsgäste ließen ein teilnahmsvolles Murmeln hören.

„Es ist nichts Schlimmes“, schränkte ich ein, bedauerte es aber sogleich, denn die Mitleidstimmung verflog augenblicklich.

Die Mutter des Bräutigams, Mrs. Faber, eine kampfeslustig aussehende Frau mit einer Brille in Form von Schmetterlingsflügeln, sagte spitz: „Wie schade.“

„Sobald er sich umgezogen hat, wird er kommen und sich persönlich bei Ihnen entschuldigen.“

„Ach, das ist wirklich reizend von ihm“, spottete Mrs. Faber.

„Das ist ja wohl selbstverständlich“, antwortete ich verlegen.

Wanda French, die Braut, eine dralle Person Anfang Dreißig, rettete mich aus der unangenehmen Situation. „Herr Kaplan, trinken Sie ein Glas Wein mit uns.“

„Ja, schenk dem Herrn Kaplan ein Glas Wein ein“, pflichtete ihr der Bräutigam bei.

Ich dankte den beiden und war insbesondere der Braut dankbar, weil sie das Eis gebrochen hatte. Einige der Gäste lächelten sogar und schienen ihren Zorn vergessen zu haben.

Die Mutter der Braut kam zu mir; sie war noch fülliger als ihre Tochter, hatte rotgeweinte Augen und wirkte sehr niedergeschlagen. „Das Essen ist leider kalt geworden, Herr Kaplan“, sagte sie.

„Das tut mir leid“, antwortete ich.

Mrs. French drückte sich das Taschentuch auf die Nase. „Es hätte aber warm sein sollen, Herr Kaplan.“

„Macht doch nichts, Mutti“, sagte Wanda, „darüber werden wir später noch oft lachen.“

Dr. Daley erhob sich, und Rufe wurden laut: „Ruhe, der Doktor will etwas sagen.“

„Meine Damen und Herren“, begann Dr. Daley, „dies ist eine Hochzeit, die wir alle so rasch nicht vergessen werden.“

Mrs. Faber stimmte ihm zu.

Dr. Daley kratzte sich am Kopf. „Ich erinnere mich noch des Tages, an dem ich unserer schönen Braut in die Welt half.“

Alles klatschte, nur Mrs. Faber nicht.

„Sie kam drei Wochen zu spät.“ Die Gäste lachten. „Bereits damals, liebe Anwesende, bewies die kleine Wanda also diplomatische Klugheit, indem sie der Tatsache Rechnung trug, daß man alle wichtigen Ereignisse ein wenig hinauszögern muß, damit die Spannung gesteigert wird.“ Er hob die Hände wie ein Priester zum *Dominus vobiscum.* „Diese meine Hände waren es, meine Damen und Herren, die Wanda ans Tageslicht beförderten. Diese meine Hände waren die ersten, die sie hielten. Und heute, da ihr lieber Vater nicht mehr unter uns weilt, werden es wiederum diese meine Hände sein, die sie – wenngleich ein wenig zitternd – der Obhut ihres künftigen Ehemanns anvertrauen.“ Er hob sein Glas. „Und nun möchte ich auf das Wohl unseres lieben Brautpaars trinken.“ Die Gäste erhoben sich und nahmen ihre Gläser. „Auf eine glückliche Ehe von Wanda und Richard!“

Dem Trinkspruch folgte ein herzlicher Applaus, der abebbte, als Pfarrer Duddleswell den Raum betrat.

Zu meiner Überraschung hatte er weder das Motorenöl von Händen und Gesicht gewaschen noch seine regennasse Kleidung gewechselt. Der einzige sichtbare Unterschied zu seinem vorherigen Aussehen bestand darin, daß er den linken Arm in einer Binde trug.

„Ich bitte alle Anwesenden ergebenst um Verzeihung", sagte er mit kläglicher Stimme. „Aber leider hatte ich einen Unfall."

Ein mitfühlendes Murmeln erhob sich von allen Seiten. Die Braut sagte: „Armer Herr Pfarrer", und der Bräutigam meinte zustimmend: „Ja, armer Kerl."

Pfarrer Duddleswell zuckte wie unter Schmerzen zusammen und gab sich zugleich alle Mühe, so zu tun, als wolle er sich nichts anmerken lassen. „Autounfall."

Mrs. French war völlig fassungslos. „Ach Gott", rief sie und führte ihr Taschentuch an die Augen.

Alle zeigten ihr Mitleid mit Pfarrer Duddleswell. Welch ein Schauspieler, dachte ich.

Ohne ein Wort darüber zu verlieren, daß wir zu dem Zeitpunkt, da die Trauung hatte stattfinden sollen, im Fußballstadion gewesen waren, sagte er weiter: „Reifenpanne. Der Reifen war völlig zerfetzt." Er tastete nach seinem angeblich verletzten Arm und biß die Zähne zusammen. „Und der Wagen dahinter hat mir dann noch den Rest gegeben. Ich bedaure das alles wirklich sehr."

„Nehmen Sie's nicht tragisch, Herr Pfarrer", sagte die Braut beschwörend.

Er versicherte dem Brautpaar, er wolle die Trauung vornehmen, sobald er sich gewaschen und umgezogen habe. „Sind Sie zufrieden, wenn wir mit der Trauung Punkt sechs Uhr beginnen?"

„Ja, wunderbar, Herr Pfarrer", sagte Wanda French.

„Und anschließend", rief Pfarrer Duddleswell mit großer Gebärde, „lade ich alle zu einem Glas Sekt ins Pfarrhaus ein. Unser Brautpaar wird den Hochzeitskuchen dann in meinem Wohnzimmer anschneiden."

Als er das gesagt hatte, stieß Wanda French den Bräutigam in die Seite, und der rief aus: „Unser lieber Herr Pfarrer, er lebe dreimal hoch, hoch, hoch!" Danach zog sich der Schelm unter lautem Beifall zurück. Den linken Arm preßte er dabei krampfhaft gegen den Körper, während er mit der rechten Hand der Hochzeitsgesellschaft lebhaft zuwinkte.

Kurz vor sechs Uhr war von der Straße her Schwatzen und Lachen zu hören. Ich schaute durch das Wohnzimmerfenster und sah, wie die Hochzeitsgäste in karnevalähnlicher Stimmung der Kirche zustrebten.

Wanda French und Richard Faber trugen selbst den Hochzeitskuchen, und ein Fotograf von der *Kenworthy Gazette* machte Aufnahmen. Ich hatte ihn zuvor im Fußballstadion gesehen; er kannte also die bewußte Nachricht aus dem Lautsprecher, und ich konnte nur hoffen, daß ihm der Zusammenhang verborgen geblieben war.

Pfarrer Duddleswell und ich hatten uns inzwischen wieder in einen menschenwürdigen Zustand versetzt, und Mrs. Pring hatte es sich daraufhin nicht verkneifen können zu bemerken: „Geschniegelt wie ein Paar Elstern." Wir begaben uns in die Kirche, und die Zeremonie nahm ihren Gang.

Pfarrer Duddleswell, der den Arm noch immer in

der Binde trug, hielt eine Predigt, von der mir einige Passagen neu waren.

„Liebes Brautpaar, liebe Festgemeinde, da mir das Sprechen angesichts meiner Verletzung ein wenig schwerfällt, werde ich mich kurz fassen. Ich möchte nur noch etwas zu den Worten des heiligen Paulus in seinem Brief an die Epheser sagen, die Sie soeben vernommen haben. ‚Jeder einzelne von euch soll seine Frau so liebhaben wie sich selbst; die Frau aber habe Ehrfurcht vor dem Mann.' Manche Leute wollen heutzutage das Wort ‚Ehrfurcht', mit dem im Sprachgebrauch der Alten ‚Gehorsam' gemeint ist, in der Ehe nicht mehr gelten lassen. In der Ehe seien die Partner gleichrangig, behaupten sie. Das Leben ist heutzutage ‚demokratisch'." Er machte eine wegwerfende Handbewegung. „Liebe Christen, dazu kann ich Ihnen nur sagen, daß der liebe Gott anderer Meinung ist, ebenso, wie ich es bin. Gott hat die Welt erschaffen, und in seiner Schöpfung gibt es, soweit ich es übersehe, nicht übermäßig viel Gleiches und Demokratisches. Und wer unter uns hätte sich jemals darüber beschwert, daß das Unkraut nicht so bezaubernd duftet wie die Rose, daß der Wurm nicht so imposant wirkt wie der Löwe, daß der Spatz nicht so betörend singt wie die Nachtigall? Auch unsere Leiber sind nicht nach den Prinzipien der Demokratie gebaut. Die eine Seite ist immer stärker als die andere. Und selbst an meiner eigenen Hand kann es der kleine Finger nicht mit dem Daumen aufnehmen." Der Prediger schaute die Gemeinde herausfordernd an. „Gott hat die Familie nicht als eine Demokratie eingerichtet, meine lieben Brüder und Schwestern. Deshalb seien die Frauen ihren stärkeren Partnern, den Ehemännern, weiterhin untertan. Und die Männer sollen ihre

Frauen achten und sie gut behandeln. Und eine gute Behandlung bedeutet nicht zuletzt, daß sie sich niemals eine widernatürliche Einrichtung des bürgerlichen Gesetzes, die man Scheidung nennt, in den Kopf setzen. Ich sage das nicht, weil ich es etwa für möglich hielte, daß unser heutiges Brautpaar jemals an eine Scheidung denken könnte, sondern ich will bei dieser Eheschließung nur sagen, daß es sich um einen Bund fürs Leben handelt, nicht um eine Partnerschaft für eine begrenzte Zeit." Er machte eine kurze Pause. Dann fuhr er mit einem väterlichen Lächeln fort: „Liebe Wanda, lieber Richard, möge der Herr euch segnen und behüten und euch sein Antlitz gnädig zuwenden. Seine Gnade leuchte immerdar über eurem Ehebund. Amen."

Dann wurde sein Ton sachlich, als er, mit einer Handbewegung in Richtung Sakristei deutend, sagte: „Ich bitte nun das Brautpaar und die Trauzeugen mir in die Sakristei zu folgen, wo ich die im Gesetz vorgesehene standesamtliche Trauung vornehmen werde. Ich will das nicht hier vor dem Altar machen, weil ich unserem Herrn diesen Anblick ersparen möchte."

Nachdem auch die Hochzeitsfotos gemacht worden waren, kamen die Gäste mit fröhlichem Lärm ins Pfarrhaus. Fred Bowlby, der Gastwirt, hatte Gläser und eine Kiste Sekt geschickt.

Die nächsten Angehörigen versammelten sich in Pfarrer Duddleswells Arbeitszimmer. „Father Neil", flüsterte Pfarrer Duddleswell mir zu, „bitte seien Sie so nett, die Flaschen zu entkorken. Ich bin ja aufgrund meiner Verletzung dazu nicht imstande."

Vorsichtig machte ich mich an die erste Flasche.

Dreißig Sekunden später gab es einen Knall, und der Korken flog durch das Zimmer. Wie ein Kometenschweif folgte ihm eine Schaumwolke von Sekt. Die nächsten Umstehenden einschließlich des Brautpaars waren nach dieser Sekttaufe klatschnaß.

Der Korken flog gegen das Bild des Papstes über dem Bücherschrank, das auf die Uhr herunterfiel. Die Uhr purzelte daraufhin auf ein Tablett mit Gläsern, die am Boden in tausend Splitter zerschellten. Der Korken war inzwischen gegen die Decke geprallt und landete danach mit der Metallkappe mitten auf dem Auge der Brautmutter. Zum Glück hatte der Korken bei seiner letzten Landung nicht mehr die volle Kraft; sie reichte nur noch dazu, die Umgebung des Auges in wenigen Sekunden dunkelblau werden zu lassen.

„Father Neil, ich hatte Sie gebeten, die Flaschen zu entkorken, nicht aber, die Flaschen als Handfeuerwaffen zu benutzen", brummte Pfarrer Duddleswell. „Öffnen Sie die restlichen Flaschen bitte im Garten, aber passen Sie auf, daß Sie dabei nicht die Sterne vom Himmel schießen."

Später am Abend saß Dr. Daley mit uns beiden im lokkeren Gespräch bei den übriggebliebenen Getränken und den Resten des Hochzeitskuchens.

Pfarrer Duddleswell versuchte gerade zu telefonieren, als Dr. Daley sagte: „Mein Gott, Charles, du hast heute abend wirklich eine phantastische Ansprache gehalten."

„Hat sie dir gefallen, Donal?"

„Sie war so vernünftig. Man wird dich niemals zum Bischof ernennen."

„Pst, Donal, ich habe den Blumenladen dran." Pfarrer Duddleswell hatte endlich seine Telefonverbindung bekommen. „Jim, hier ist Pfarrer Duddleswell. Tut mir leid, wenn ich dich zu so später Stunde noch störe. Aber könntest du einem mir befreundeten Ehepaar noch ein paar Blumen besorgen? ... Morgen früh, als erstes? ... Großartig. Richard und Wanda Faber im ..."

Dr. Daley half ihm. „Hotel Excelsior in Bayswater."

„Hotel Excelsior in Bayswater. Preis ungefähr drei Pfund, Jim ... Was auf die Karte soll? Ach, schreib nur: ‚Mit dem Ausdruck tiefsten Bedauerns. Pfarrer Duddleswell.' Das werden sie schon verstehen ... Also gut, nochmals herzlichen Dank, Jim."

„Sagen Sie, Herr Pfarrer", fragte ich ihn, nachdem er den Hörer aufgelegt hatte, „mußten Sie nun wirklich diese Armbinde anlegen?"

„Wie meinen Sie?" fragte er verständnislos.

„Weshalb haben Sie dem Brautpaar nicht einfach die Wahrheit gesagt?"

„Ja, sehen Sie, lieber junger Freund", sagte er kopfschüttelnd, „Sie sind wirklich noch so unerfahren wie ein kleines Küken. Die Wahrheit ist genau wie eine Leiter. Wenn Sie die nicht richtig anlegen, dann fallen Sie damit um. Was wäre wohl geschehen, wenn ich die Wahrheit, nichts als die reine Wahrheit erzählt hätte?"

„Sie wären aufrichtig gewesen."

„Ich hätte die aufrichtigste Katastrophe meines Lebens vor mir gehabt."

Es mußte einfach mal aus mir heraus. „Herr Pfarrer, meinen Sie nicht, daß Sie die Sache etwas zu sehr auf die leichte Schulter nehmen, nur um das Gesicht zu wahren?"

Er zeigte sich erstaunt. „Aber ich habe das doch

nicht gemacht, um das Gesicht zu wahren, Father Neil."

„Tatsächlich nicht?"

„Keine Spur. Verstehen Sie denn nicht, daß ich aus eigenem Antrieb am liebsten unverzüglich vor die versammelten Hochzeitsgäste getreten und auf die Knie gefallen wäre, um zu rufen: ‚Ich bin ein unwürdiger, nichtsnutziger Diener Gottes. Ich habe diesem liebenswürdigen jungen Brautpaar den schönsten Tag seines Lebens durch meine Gedankenlosigkeit verdorben.' Danach hätte ich mich gewiß wohler in meiner Haut gefühlt. Aber was wäre dann weiter geschehen?"

„Ich weiß es nicht."

„Die Leute wären anschließend in die Kirche gegangen, um die Spendung des heiligen Sakraments der Ehe mit einer höchst unchristlichen Einstellung, mit Verachtung und vielleicht sogar mit stillen Flüchen zu begleiten."

„Statt dessen", warf Dr. Daley ein, „sind wir alle in froher Stimmung und mit dem Gefühl aufrechter Vergebung in die Kirche gegangen."

„Sie geben ihm wohl auch noch recht, Herr Doktor?" fragte ich schmollend.

Mit weitausladender Gebärde hob er sein Whiskyglas. „Sie wollen doch wohl gewiß nicht haben, daß ich meinen ältesten und liebsten Freund verliere?"

„Ich zweifle gar nicht daran, mein lieber junger Freund", sagte Pfarrer Duddleswell, zu mir gewandt, „daß Ihre Methode die nobelste und beste ist. Sie hat nur einen Nachteil: Wenn man immer und überall aufrichtig und ehrlich sein wollte, wer möchte dann in so einer Welt noch leben?"

„Jedermann hat seine eigene Methode, Father Neil", sagte Dr. Daley, „und unser lieber Charles hat nicht nur eine, sondern Hunderte von Methoden." Er erhob sich und deutete an, daß die Flasche ihren letzten Tropfen hergegeben hatte. „Nun, es gibt eigentlich nichts, was mich zum weiteren Bleiben veranlassen könnte." Er drückte mir die leere Flasche in die Hand. „Suchen Sie einen Händler, der leere Flaschen gegen volle eintauscht."

An der Tür rannte er gegen Mrs. Pring, die gerade eintreten wollte. „Ich möchte mich jetzt gern zur Ruhe begeben", sagte sie zu uns.

„Einen Augenblick noch, bitte, Missis Pring", rief ich ihr zu. „Sagen Sie mir nur noch Ihre Meinung darüber, daß Pfarrer Duddleswell seinen Arm in die Binde gesteckt hat."

Sie schaute mich merkwürdig erhaben an. „Nicht einmal Gott selbst kommt zuweilen ohne ein wenig Hilfe von seinen Freunden aus."

„Es kommt darauf an", sagte Pfarrer Duddleswell, „daß man einen Laien nicht völlig verwirrt."

Ich winkte mit der Hand, um anzudeuten, daß ich von seinen Ausführungen genug hatte. Mrs. Prings Meinung erschien mir jetzt wichtiger. „Sie stimmen also mit seiner Ansicht überein, Missis Pring?"

„Aber natürlich, Father Neil. Schließlich war das ganze doch meine Idee."

Sie ging, und ich konnte sie noch draußen lachen hören.